徳間文庫

とむらい屋颯太

漣《さざなみ》のゆくえ

梶よう子

徳間書店

目次

【とむらい屋で働く人々と仲間たち】

颯太　新鳥越町二丁目の弔いを扱う葬儀屋の店主。十一歳で葬儀屋になると決意する

おちえ　母を颯太に弔ってもらって以降居座るおせっかい

勝蔵　早桶職人。はじめてつくった棺桶は妻のものだった

正平　勝蔵の弟子で同じ長屋に住む

寛次郎　筆が得意な雑用がかり

道俊　寺に属さない、渡りの坊主

巧重三郎　水死体を見るのが苦手な医者

韮崎宗十郎　北町奉行所の定町廻り同心

第一章　泣く女

一

山谷堀《さんやぼり》に生暖かい風が渡って行く。

両側の土手の青々とした草がさわさわと音を立てて揺れる。すれ違った猪牙舟《ちょきぶね》は、傾きかけた陽に照らされ、雲母《うんも》を撒《ま》いたように輝く水面《みなも》を砕く。

「颯《そう》さん、見たかえ？　幇間《ほうかん》まで連れてよぉ、ずいぶん羽振りのよさそうな旦那だったねえ。これから吉原へ乗り込むんだろうけどよ」

船頭の六助《ろくすけ》がゆっくりと櫓《ろ》を押しながら、颯太《そうた》の背に話し掛けてきた。首を回した颯太が、笠の縁を指で軽く押し上げる。色白で、男にしては赤い唇《くちびる》をしている。

「顔に見覚えがあります。たしか、木島屋《きじまや》って材木商の旦那ですよ」

颯太が口を開いた。

「なるほどなぁ。この間の火事で、またぞろ儲《もう》けやがったかな」

「さて、どうですか。木島屋が材木を卸したかどうかはわかりません」

「あの火事は颯さん家《ち》の近くだったんだろう？　よかったなぁ。燃えちまわなくてよ」

「冷や冷やしましたよ。隣町まで火が来ましたから」

少し前に、颯太の住む新鳥越町《しんとりごえちょう》のあたりが燃えた。火元は瑞泉寺《ずいせんじ》という寺で、付け火という噂は本当だった。捕まったのは寺に出入りをしていた紙屋だ。女房が子を連れて家を出て行ってしまい、むしゃくしゃしていたからだ、とふてぶてしい態度でいい放ったという。大火にはならなかったが、それでも死人が幾人も出た。その中には子どももいた。

時々颯太の許《もと》で油を売っている北町《きたまち》奉行所《ぶぎょうしょ》の定町廻《じょうまちまわ》り同心、韮崎宗十郎《にらさきそうじゅうろう》が、「火を放った紙屋は火刑に決まった」といっていた。火刑は火あぶりだ。失火ならばお上の慈悲もある。しかし、付け火は重罪だ。

「江戸は火事が多い。材木商には嫌でも金が入ってきますがね」

「ははは、おれぁ、銭が入ってくるのを嫌だとは思わないがね。けどよぉ火事で儲けるってのはよ、人の不幸で飯を食ってるようなもんじゃねえか。ちっとは申し訳ねえ心持ちにはならないもんかね」

六助は憎々しげにいった。

ふっと、颯太は口許《くちもと》を曲げる。

人の不幸で飯を食う、か——。

「ああ、すまねえ。颯さんのことじゃねえよぉ、許してくんな」

六助が続けていう。

「あんたは違う。人の不幸を掬《すく》いとってやってるんだ。生きてる者と死んだ者からよ」

力を込め、六助が櫓を押した。櫓臍《ろべそ》が音を立てる。

「そんな大層なものじゃありませんよ」

そういって颯太は六助に笑みを向ける。

彼岸《ひがん》へ渡る死者と此岸《しがん》に残る生者の線引きをしているにすぎない、ただのとむらい屋だ。弔いを出して飯を食うのが、颯太の生業《なりわい》だった。

「今日もかわいそうな妓《おんな》の弔いかえ？」

「いや、十一の禿《かむろ》でした。頭の怪我《けが》で逝っちまいました。ま、病ってことになってますが」

「まだ子どもじゃねえか。ちゃんと医者にも診《み》せていねえのだろう。気の毒になぁ。親許に返されたのかい？」

引き取りになど来やしませんよ、と颯太はぼそりといった。

「寂しいこった。売った子とはいえ、親であることは変わらねえのによぉ。けど、廓《くるわ》の忘八《ぼうはち》（主人）も損したろうな。いい気味だ」

さも嬉しそうに六助が笑う。

そうですねぇ、と颯太は暮れ行く空を見上げた。鳥が列をなして飛んでいる。鳥でさえ帰る塒《ねぐら》がある。

帰ることのできない者は、どこかに居場所を探すしかない。

禿は吉原遊郭《ゆうかく》で、太夫《たゆう》の傍《そば》にかしずく、まだ客を取るにはいたらない子どものことだ。

太夫とともに花魁《おいらん》道中を歩き、太夫が茶屋に呼ばれれば、その隣で世話を焼きながら吉原という世界を知っていく。歌を詠《よ》み、花を活け、茶を点《た》て、三味線や琴を奏でるという芸事全般も学ぶ。

幼くして売られてきた娘たちは、そうして遊女になるための修業をさせられている。

颯太は懐《ふところ》に手を当てた。

懐紙《かいし》に包まれた金が入っている。口止め料だ。

死んだ禿の名は、お玉《たま》。

表向きは病死となっているが、お玉は患ってはいなかった。太夫の執拗《しつよう》な折檻《せっかん》の末の痛ましい事故だ。

もともときつい性質《たち》の太夫だったというが、廓でお職を張る女であれば、気が強いのは当然のことだ。

だがその太夫は、馴染《なじ》みの客が、茶屋でお玉に小遣いをやったり、歌合せに興じたりするのが悔しかったようだ。そんなお玉に廓の主《あるじ》も将来を期待して眼《め》を掛けていたのも、癪《しゃく》に障《さわ》っていたらしい。

なにかとお玉が粗相をしたと騒ぎ立て、牛太郎《ぎゅうたろう》（廓の若衆《わかいし》）に命じて折檻させていた。

やりきれなかった。

理不尽だとわかっていても太夫には逆らえない。どれだけ辛かったか。

堪えて堪えて堪え抜いていたお玉だったが、ある日、階段を踏み外し転げ落ちたのだ。

見た目に怪我はなかった。だが、その夜、太夫と宴席に出ていたお玉が頭痛を訴え、気を失って倒れた。そのまま眼を覚ますことなく、数日後に逝った。

颯太が折檻に気づいたのは、お玉の亡骸《なきがら》を清めようとしたときだ。お玉が寝かされていた座敷にいきなり飛び込んできた太夫が自分でやらせてくれと、誰にもお玉を触らせないと喚《わめ》いたことに疑問を抱いたからだ。

颯太は太夫を退《しりぞ》け、お玉の身体をあらためた。顔に傷はなかったが、その身には打ち据えられた痣《あざ》と煙管《キセル》の火を押し付けられたであろう火傷《やけど》の痕だらけだった。

顔に傷があれば、すぐに気づかれる。遊女にとって顔は売り物だ。身体は痛めつけても顔には手を出さない。

太夫がそれを守っていたというより、自分の保身のためだろう。

颯太は、お玉を清めた後、じっとその傍に座っていた禿に声を掛けた。禿同士であれば、なにかしら愚痴《ぐち》でもこぼしていたかもしれないと思ったのだ。案の定、お玉と仲良しだったというその禿は青い顔をして身を震わせた。決して名はいわないと約束して、話を聞いた。

死んだほうがまし、とお玉はいっていたという。

階段から落ちたのは、お玉が自らしたのじゃないかと、颯太は訊《たず》ねた。違う、と禿は首を激しく横に振った。辛くても苦しくても、居場所はここしかないとふたりで励まし合っていたと、颯太を詰《なじ》るように声を荒らげた。階段から転げた日も折檻を受けた後で、足下がふらついていたお玉を気にかけていたと、言葉を詰まらせた。

自ら命を絶とうとしたのか、ただ足を滑らせたのか、真相は闇の中だ。死んだお玉にはもう訊《き》くことは出来ない。けれど、お玉の心を追い詰めていたのは、太夫の執拗な折檻だったことに間違いはない。

颯太は廓の主人に伝えた。

主人はすぐさま紙に金を包み、差し出してきた。

断る理由はない。颯太は紙包みを懐に入れる。

太夫は夜具に横たわっているお玉の亡骸にすがって大粒の涙をこぼした。その様子を見て、誰もがもらい泣きした。だが、そんな太夫の衣裳は金糸銀糸で彩られた赤い打掛《うちかけ》だ。

嘘《うそ》くせえ小芝居打ちやがって、と颯太は苦々しい思いで太夫を見つめていた。

吉原に詰めている同心もお玉の死を階段から落ちたためだとした。面倒は嫌なのだろう。お玉の骸《むくろ》は、近くの浄閑寺《じょうかんじ》に葬られた。

戒名《かいみょう》もなければ、墓石も卒塔婆《そとば》もない。ただぽかりと空いた穴に筵《むしろ》に巻かれて放り込まれた。

それだけだ。

親に売られて、帰る塒を失くしたお玉の行き着く先は、冷たく暗い土の中だ。

二

医師の巧《たくみ》重三郎《じゅうざぶろう》が薬籠《やくろう》を手に提《さ》げてのっそり入って来た。

土間で早桶《はやおけ》を作っていた勝蔵《かつぞう》とその弟子の正平《しょうへい》が頭を下げる。土間には、早桶、四角い座棺がところ狭しと置かれていた。

店兼住居である座敷には、棺の上に掲げる天蓋《てんがい》、経文《きょうもん》を綴《つづ》った幡《はた》、作り物の蓮《はす》の花、提灯《ちょうちん》、木魚、鈴《りん》などがある。

颯太は文机《ふづくえ》に向かい、帳簿付けをしていた。颯太の営むとむらい屋は、龕屋《がんや》といわれる葬具の貸し出しだけを請け負う店ではなく、頼まれれば葬式も執り仕切る。貧しい裏店《うらだな》住まいの者たちだと、葬具だけを借りに来ることが多い。ただ、人の死には様々な事情が絡むことがある。施主が公にしたくない死もあれば、その逆で、派手に賑《にぎ》やかに送りたいと思う死もある。その望みを叶えてやるのだ。

颯太は、重三郎に軽く会釈する。

「あら、いらっしゃい、重三郎さま」

おちえが中食《ちゅうじき》の握り飯を盆に載せて運んできた。重三郎が嬉しそうに目尻に皺《しわ》を寄せた。

「おう、おちえ坊、丁度腹が減っていてなぁ。具はなんだ？　梅干しか？」

「重三郎さまの分はございませんよ」

つんと顎を上げて、いった。

「勝蔵さん、正平さん、少し休んでお握り食べて」

「そんな冷てえことをいうなよ。おれは今の今まで病人を診てたんだぜ」

「それはどうもご苦労さまです」

おちえはつれない口調でいうと、すぐさま座って茶を淹《い》れ始める。

重三郎は舌打ちして、勝手知ったるとばかりに履き物を脱ぐと、

「仕事だよ」

どかりと店座敷に座り込んだ。

おちえの手が止まる。勝蔵と正平も木槌《きづち》を打つのをやめた。

腕を伸ばして、握り飯をひとつ摑《つか》み上げた颯太が重三郎に訊ねる。

「どこですか？」

「木島屋だ」

「隠居ですか？」

「いや、旦那だよ」

握り飯を口に運ぼうとしていた颯太は手を止め、眼を見開く。十日ほど前、山谷堀ですれ違ったばかりだ。あのときは、幇間を連れて、吉原へ向かうところだった。

「まさか」

「とむらい屋の颯太どのがそういうとは思わなかったな。人はいつ何時なにがあるか

わからねえんだろう？　年寄りだから死ぬ、若いから死なねえということはねえよ。明日は我が身だ。まあ、医者のおれも同じ思いではあるがな」

重三郎は唇を歪《ゆが》めて、ぼりぼりと首筋を搔《か》く。

「旦那は跡を継いだばかりでな。四十《しじゅう》前だ。おとついの晩、急に倒れた。ここだ」

重三郎は胸をとんとんと叩いた。颯太は眉をひそめた。

「心の臓ですか。以前から患っていたのでしょうか」

「家の者は気づいていなかったようだが、薬があった。鳥兜《とりかぶと》を用いた薬だ」

鳥兜！　と、おちえが叫んだ。

「ねえ、重三郎さま、それって毒でしょ？　その旦那さん、毒を盛られたってことじゃないの？」

「違うよ」

颯太が握り飯を頰張《ほおば》りながらいった。

「鳥兜は心の臓の薬に使われる。そうですよね、重三郎さん」

ああ、と重三郎が頷《うなず》く。

「そうなの？」

おちえが眼を丸くした。

「猛毒だが、とくに心の臓などの大病だと、強い薬が必要なのでな。毒はそのまま毒にもなるが薬にもなる」

重三郎は、握り飯に手を出した。おちえはそれを見ながらも文句をいわない。重三郎が仕事を持ってきたからだ。

「と、いうことでな、木島屋には颯さんのことを話しておいた。今すぐ行ってもらえるか」

「承知しました」

颯太は勝蔵に眼を向けた。

「勝蔵さん、相手は材木商だ。粗末な早桶にはしないだろう」

「そうでしょうな」

勝蔵はぼそりというと、

「いい棺桶の木材には事欠かねえ」

ふっと颯太は笑みを浮かべる。

「それじゃ棺桶のための木を出してもらうことにしよう。若死にした旦那のためにとかいってな。こっちの掛かりもなくて助かる」

険しい顔をした重三郎が、握り飯を喉に詰めてもがいた。

「ああ、大変」

おちえが重三郎の背を叩く。

ごくりと飲み込んだ重三郎は、ほうとひとつ息を吐いてから、口を開いた。

「おいおい、あっちは跡を継いだばかりの倅《せがれ》を亡くして消沈しているんだ。そいつは酷ってもんだ。まだたった一年だったそうだ。ふた親も隠居の身となってこれから楽をしようって時だったんだぞ。そんなことをさせるのはどうかと思うぜ」

颯太は指についた飯粒をねぶると、

「急に息子が逝っちまったんですよ。長患いしていたなら覚悟もできるが、そうじゃない。だからこそ、なにかしてやりてえと親なら思うはずじゃありませんかね。ましてや、材木は腐るほどあるのですから」

そういった。子が親より先に逝くのは逆縁だ。親の気持ちはいかばかりか。しかもまだ四十前。身代を譲ったばかりとくればなおさらだ。きっと天を恨みたくなるほど悔しいだろう。

本人とて病を抱えていようと、まさか死ぬとは思ってなかったろうし、親も悔しくてならないだろう。

「なるほどな、そういう気遣いもありか」

重三郎が頷きながら、勝蔵へ眼を向けた。

「ご心配なく。通夜に間に合うよう、大急ぎで作りまさ」

勝蔵はぼそっというと、握り飯を手に取った。

「おちえ、着替えをする。なるべく上等なのを出してくれるか。羽織もな。相手は金持ちだ。こっちの足下を見られちゃたまらねえ。せっかく重三郎さんの仲介だしな」

「わかった」

おちえは茶を皆に配り終えると、盆を持って立ち上がる。

「ああ、おまえも一緒に行くぞ」

「あたしも？」

じゃあ、着替えなきゃ、とおちえは急いで二階へと向かう。

「ああ、勝蔵さん。寛次郎《かんじろう》が戻ったら、葬具の用意をしておくようにいってくださ
い」

「わかった」

「では重三郎さん。早速、木島屋へ行って来ますよ」

「うむ、そうしてくれるか」

「ところでその旦那の名は？」

「松太郎《まつたろう》だ」

応えた重三郎は茶を啜《すす》った。


木島屋は、神田佐久間町《さくまちょう》一丁目、神田川沿いに広がる火除《ひよ》け地に面している。

颯太はおちえとともに、山谷堀の船宿から舟に乗る。大川《おおかわ》に出て、神田川に入り、和泉橋《いずみばし》の手前で下りた。そのまま船頭には待っているように頼み、心付けを渡す。

店の前には、きれいに切り揃えられた材木を積んだ大八車が三台止められ、木場人足《きばにんそく》たちが威勢のよい声をあげながら、荷下ろしをしていた。木場から運んできたばかりの木の香りがあたりに漂っている。その傍で木島屋の半纏《はんてん》を着た若い奉公人が帳簿と筆を手にして、指図をしていた。

「旦那が亡くなったのに、お店はやっているのね」

おちえが小声でいって、眉根を寄せた。おちえは、紺地に朱の唐桟縞《とうざんじま》に濃茶の帯を締めていた。母親の形見だ。歳若いおちえには地味だが、喪家に挨拶に行く際には、これくらいが丁度いい。

「急だったからな。どっかの普請《ふしん》を抱えていたら、仕方ねえ」

奉公人が颯太にふと眼を止め、訝《いぶか》しい表情をした。颯太は歩を進めて、そっと新鳥越町の、と告げた。

「これは。巧先生から伺っております。この度はお世話になります」

と、奉公人は丁寧《ていねい》に腰を折るや、すぐさま颯太たちを裏口へと促《うなが》した。店の者たちにはすっかり伝わっているのだろう。

へえ、躾《しつけ》がちゃんと行き届いていやがる、と颯太は感心した。

台所では女たちが忙しく動いていた。だが表の活気とはまったく異なる。皆、一様に黙ったまま立ち働いているのだ。

重苦しい気が颯太の身体にまとわりつく。

人はいるのに妙な静けさがある。死の放つ静寂だ。それは金を持っている家だろうが、貧しい家だろうが変わらない。

通された座敷で待っていた颯太とおちえの前に白髪の髷《まげ》を載せた老人が現れた。木島の隠居で左兵衛《さへえ》と名乗り、青白い顔をして颯太に頭を下げた。

菩提寺《ぼだいじ》から僧侶を呼んでいるというので、木島屋では坊主の道俊《どうしゅん》の出番はない。棺について、颯太の話を聞き入れた左兵衛は、わずかに涙ぐんでぜひ頼みたいとのことでまとまった。

佐久間町の店はほとんど注文を受けるだけなので、すぐに木場に奉公人をやって、木材を用意するといった。

亡くなった松太郎の許に足を運ぶ。

すでに弔問客が幾人も訪れていた。親戚を始め、おそらく同業の仲間だ。松太郎が寝かされている仏間の隣室で声をひそめ、話をしていた。

松太郎はまだ身代を継いだばかりだ。木島屋の今後のことでも話しているのかもしれない。その間を、忙しく挨拶して回っている老女がいた。松太郎の母親だろう。

颯太とおちえは松太郎に手を合わせた。枕元には、盛り飯、夜具の上には短刀が置かれている。短刀は魔除けだ。

四十間近とはいえ、肌艶《つや》もよく、髪も黒々としていた。枕辺《まくらべ》には、松太郎の子を膝に乗せた妻が座っている。

子は三つほどの男児だった。父親の死は理解できるはずがない。横たわったままの松太郎に懸命に手を伸ばしているが、妻は子を離そうとはしなかった。憔悴《しょうすい》しきった表情で、夫の亡骸を見つめている。突然すぎた死に茫然《ぼうぜん》としているのだろう。颯太とおちえをみとめ、わずかに頭を下げただけだった。

子もまだ赤子だ。跡継ぎとはいいがたい。結局、隠居の左兵衛が再び主になるのか、それとも揉《も》めるのか。いずれにせよ颯太にはかかわりないことだ。

お決まりの挨拶をして、颯太とおちえは木島屋を辞した。すぐに準備を整え、取って返さなければならない。

「さすが材木商さんよね、弔問客にお旗本とかお大名もいらっしゃるんでしょ」

「きっと木島屋から金を借りているんだろうな」

「お武家も大変ねぇ。けど、お内儀《かみ》さん、気の毒だった。心ここにあらずというふうで」

「亭主が死んだんだ。これからなにをどうしていいかわからねえんだろうな。亡者を思うより、いまはてめえのことしか考えられねえ。ああしたときは涙も出ねえさ」

うん、とおちえは唇を噛み締め、頷いた。

「あたしになにか出来るかしら」

「なにもしなくていい。おれたちはいつもの仕事をするだけだ。むろん、裏店の弔いってわけにはいかない。弔問客が多い分、香典だのなんだのいつもよりは気遣いもしなけりゃな。葬具も華やかにしねえと」

久々に大きな弔いだ。

弔いは、生者と亡者の線引きをする儀式だ。この世に遺《のこ》された者たちが、死んだ者と折り合いをつける、その手助けとなるものだ。

「ねえ、颯太さん。立派なお弔いになるでしょう？　それなら花籠《はなかご》も必要よね。あと蓮華の造花も作らないといけないか」

和泉橋へ向かいながら、おちえがいった。

「けど、寛次郎さんは力仕事が多いし、お団子とか、四華花《しかばな》とか細々した仕事をしてくれる人がもうひとりいたらいいのになぁ」

と、おちえが上目遣いに颯太を窺《うかが》う。

「そんなに雇えるか。というよりとむらい屋なんぞ好んでやりてえ奴はそうそういやしねえよ。諦《あきら》めな」

颯太はおちえを鬱陶《うっとう》しげに眺め、視線をそらす。

「そういや、その四華花はあるか？　先日の弔いでほとんど使っちまったろう」

四華花は紙に切り込みを入れ、はたきのような形にする造花だった。棺の前に置き、埋葬後にはその地の四隅に差す場合もあった。

江戸は様々な国から出て来ている者が集まって出来た町だ。弔いを自分の在所の形でやりたいと願う者も少なくない。

颯太は出来るだけ喪家の望みに寄り添うように支度をする。さすがに仏おろしをしてくれといわれたときには困った。死後まもない仏は四十九日の間家に留《とど》まる。その仏を巫女《みこ》に憑《つ》かせて話をしたいというのだ。妻に先立たれた夫であったが、さすがに仏を呼び寄せる巫女に知り合いはいなかった。

とむらい屋に居候している道俊は難色を示した。

「仏おろしは、死んだ者がどうしているか、この世に未練はあるか聞き出すものですが、せっかく成仏しようとしている者をまたぞろ現世に引き戻すのは却《かえ》って気の毒ですよ」

そういっていたが、頼んできた夫はちょっとばかり訳ありふうだった。妻が自分を恨んでいないか、聞き出したかったのかもしれない。その証《あかし》かどうか、妻が死んで三月も経たぬうちに若い後妻を迎えたという噂を聞いた。

「ああでも、道俊さんじゃないのが残念だな」

おちえが歩きながら、口を尖《とが》らせた。

「それも、仕方ねえさ」

江戸に住む者たちは人別帳《にんべつちょう》があり、どこの寺の檀家なのか決まっている。しかし裏長屋住まいの者では、檀那寺《だんなでら》の坊主を招き、戒名を付けてもらい、経を上げてもらうほどの銭金はない。

そういう時には、道俊が出張《でば》る。道俊はどこの宗派か訊ね、経を読む。弔いはもちろん、初七日《しょなのか》、三十五日、四十九日、新盆《にいぼん》、一周忌と一度かかわった家は忘れずに出掛けて行くので、喜ばれている。

布施もわずかなものだ。ときには銭でなく、しじみや青菜、米といった食い物のこともある。

道俊は顔もいいが、声もいい。そのため結構、人気が高いのだ。

今日も、どこかの裏店に経を上げに行っているはずだった。

三

和泉橋の袂《たもと》近くまで来たとき、ちょうど橋を渡り終えてこちらに歩いて来るひとりの女に眼を向け、颯太は足を止めた。女のほうも視線に気づき、颯太の許に近づいて来るなり、笑みを浮かべた。

「颯さん、久しぶりだね」

黒地に白い細縞《ほそじま》、裾《すそ》にはやはり白で染め抜かれた柳の枝が流れるように入っている薄物をまとい、紗献上《しゃけんじょう》の帯を締めている。細面《ほそおもて》で目許はややきついものの、鼻筋がすっと通った、錦絵《にしきえ》から抜け出てきたような女だ。

「こちらこそご無沙汰いたしております。お艶姐《つやねえ》さん」

颯太が頭を下げた。

「変わらず繁盛しているかえ？」

お艶は、紅を薄く引いた唇を開き、小首を傾《かし》げた。

「お陰さまでといいたいところですが、とむらい屋に繁盛とは、とんだ物言いですよ」

颯太は、唇をかすかに曲げて、お艶を見やる。

「そんな眼をしなさんな。せっかくの色男が台無しだよ」

お艶は袖口《そでぐち》を口許に当てくすくす笑いつつ、おちえを一瞥《いちべつ》すると、

「おやまぁ、あのときの娘さんかえ？　また一段と愛らしくなったものだねぇ。こんな生業を続けさせるなんて酷なことだ。いっそうちで働くほうが合うんじゃないかえ」

そういった。たしか歳は四十も半ばくらいだ。初老といっていいが、名の通り相変わらず艶っぽさを持っている。かつては品川宿の飯盛り女だったとか、深川の芸者だとか、噂だけがひとり歩きをしていて、本当のところは誰も知らない。お艶自身も語ることはない。

「お艶姐さんの稼業のほうが、よほど酷だ。それに、こいつは正直者で、笑い上戸《じょうご》でしてね。とてもとても、姐さんにはお預けできませんよ」

ちょっと、とおちえが小声でいって、颯太を肘《ひじ》で小突いてきた。

「あはは、笑い上戸はよかったね。そいつはあたしの稼業には向かないね。愛らしい娘《こ》だから人目も引くし、いいと思ったんだけれどね」

お艶の言葉に、おちえは一歩前に踏み出した。

「あたしはこの仕事を好きでやっているんです。ご新造《しんぞう》さまがどんなお仕事かは知りませんけど、あたしは別の仕事をするつもりはありませんし、とむらい屋を辞める気もありません」

と、いい放った。

あらま、とお艶が眼を丸くする。

「なかなか芯のある娘じゃないか。颯さん、いい娘を拾ったもんだね。あんた、名はなんだったけね？」

「ちえです」

おちえが突《つ》っ慳貪《けんどん》にいう。お艶は気を悪くするふうでなく。むしろ、

「おちえちゃんね」

と、眼を細めて、おちえを見た。

「ところで、姐さん。ここにいなさるってことは、木島屋さんにご用ですか？」

颯太が訊ねると、

「察しがいいね」

お艶が応える。

「ご隠居さまからのお頼みでね。あたしも颯さんにお訊ねをそっくり返すけど」

「お察しの通りで」

颯太は片方の口角だけを上げた。

「そう、それなら、すぐまた会えるわね。それじゃあね、おちえちゃん」

お艶はするりと颯太の脇を抜け、歩き始めた。

おちえは立ち去ったお艶を、首を回して眼で追う。

「おい、おちえ、戻るぞ」

颯太も歩き出した。

木島屋にお艶もくるということか――一緒に仕事をするのは二年振りくらいか。こいつは賑やかになりそうだ、と颯太はいささかげんなりする。

歩きながら、颯太は通夜の掛かりがどれくらいになるか、頭の中で算盤珠《そろばんだま》を弾いていた。

「ねえ、あの女《ひと》、何してるの？　あたしのこと知ってるみたいだったけど」

おちえが首を捻《ひね》った。

「一度会っているはずだが、もう二年も前だ。忘れちまったろうな」

おちえの問いかけに、算盤珠が崩れ、颯太はいささかぶっきらぼうに応えた。だが、颯太の言葉を聞き、おちえが眼を見開く。

「ほんとうに会ってるんだ。あたし全然、覚えていないなぁ。あんなに色っぽい人だったら、忘れないと思うけど」

おちえが考え込む。

颯太は考え込むおちえを見ながら苦笑する。

「まあ、そうかもな」

「え？　どういうことよ」

颯太は土手を下り始めた。

「楽しみにしてな。今日の夜にはわかるからよ。ほら船頭が待ってるぜ」

「あ、待ってよ、颯太さん」

おちえが慌てて追いかけて来た。

木島屋からの木材は一刻半《いっときはん》（約三時間）ほどで届いた。

白布で包まれ、大八車に積まれていた。勝蔵の弟子である正平が、車を牽《ひ》いてきた木場人足とともに荷台から木材を下ろしながら、

「こりゃあ、ずいぶんご丁寧だなぁ」

と、感心するようにいうと、木島屋の手代《てだい》がわずかに顔をしかめた。颯太がそれに気づくと、手代はそわつきながらも、頰を緩《ゆる》めた。

「むろんお許しは得ておりますが、万が一のこともございますゆえ……こちらでは野辺送りに輿《こし》を用いることはございますでしょうか？」

お許しを得ている、と呟《つぶや》いた颯太は、実直そうな若い手代を訝しげに見つつ、

「ええ、もちろんございます。私は初めからそのつもりでおりましたが。ご隠居さまに伺いそびれました。失礼いたしました」

そう応えた。

手代がほっとした表情をする。

棺桶は担《かつ》ぎ棒に吊るして運ぶのと、上げ輿（龕）といって、二本の轅《ながえ》に屋形を載せ、

その屋形内に棺桶を納めて、墓地へ行くものとがある。屋形は、装飾を施したものや蓮の花などの画が描かれたものがあり、颯太のとむらい屋でも喪家の望みによって用意する。

とはいえ、担ぎ棒での野辺送りがほとんどだ。

「では、どのような輿になさいますか？」

颯太の問いかけに、それは、と手代が顔を上げた。

「あまり華やかではないものがいいとご隠居はおっしゃっていました」

「承知しました。彫りだけを施した彩色のない輿にいたしましょう。担ぎ役の方は」

「もう決まっております。ではなにとぞよろしくお願いいたします」

手代は再び頭を下げて、人足たちとともに店を後にした。

手代が去った後、颯太は寛次郎を呼んだ。

寛次郎はとむらい屋の雑務を一手に引き受けている。奥から顔を出した寛次郎は握り飯を食っていた。

「すみません、今夜は飯にありつけねえと思って。おちえさんに作ってもらって腹ごしらえを」

颯太は息を吐く。確かに通夜はろくに眠ることも食うこともできない。身内は死者の枕辺で添い寝をするか夜通し起きている。蠟燭《ろうそく》や線香の火を絶やしてはならないからだ。颯太たちは順に休むが、必ず誰かひとりは身内の傍《かたわ》らに付き、起きているようにしている。

「まあ、いまのうち食っとけ。今日は弔問の客も多くて、忙しいだろうからな。でな、裏の蔵から輿を出してくれ。他の葬具と一緒に荷車に載せて木島屋まで運ぶ」

「組み立てなくていいんですか？」

寛次郎が握り飯を頬張りながら、のんきにいった。輿の屋形は屋根、柱、戸板は崩して保管している。

「ばぁーか、組み立てちまったら、どうやって運ぶんだよ。だいたい輿を組んだら、目立ってしょうがねえ。弔いを触れ回っているようなもんだ」

あ、そうか、と寛次郎は鬢《びん》を掻いて身を翻《ひるがえ》した。

龕師の勝蔵は運び入れた木材を眺めて唸《うな》っていた。まだ布に包まれたままだ。

「どうしました、勝蔵さん」

颯太は三和土《たたき》に下りた。布を通しても清々しい独特の香りを放っている。思わず呟きが洩《も》れた。

「こいつは――」

「おわかりですか、颯太さん」

勝蔵が口許をへの字に結んだ。

「ああ。この香りは他にねえよ」

と、応えながら、木島屋の手代がいったことが、いま腑《ふ》に落ちた。

布に包まれているのは、高野槇《こうやまき》だ。

「いい棺桶になる」

勝蔵が颯太に頷きかけてきた。颯太もそれを返す。

跡を継いだばかりで死んだ倅のためとはいえ、まさか高野槇とは思わなかった。颯太もさすがに驚いた。

「おい正平。布を取れ。棺桶作るぞ」

勝蔵が声を張る。

正平が三和土にしゃがんで白い布を取り除く。さらに強い芳香が鼻先をくすぐる。

「へえ、いい匂いだ。さすがは材木商の木島屋だなぁ。この木肌《きめ》の細やかさといい、きれいな柾目《まさめ》といい、触れるだけで心持ちがいいや。いやはや棺桶にはもったいねえなぁ」

正平が木を撫《な》でながらうっとりした顔をする。

「なんの木だかわかるか？」

勝蔵の問いに正平は腕を組み首を傾げた。

「なんだろうなぁ、桐《きり》の軽さはねえし、檜《ひのき》の匂いでもねえしな」

「高野槇だ」

「こ、高野槇っ。こいつが！　そりゃ駄目でしょ」

正平が眼をぐりぐりさせて、大声を出した。

「木島屋の隠居がこれを選んだのは、ちゃんとわかってるからだよ。さっさと作るぞ」

勝蔵が高野槇を手に取る。正平が慌てて勝蔵の手首を摑んだ。

「親方。いくら材木商の木島屋が持ってきたもんでも、こいつはいけねえよ。く、首が飛んじまう」

「なぁーに、構うことはねえ。喪家が望んでいるんだ」

勝蔵は正平の手を振り払った。

「だってこの木は尾張《おわり》さまン処じゃ、伐《と》るのを禁じられている木じゃねえですか」

「おう、そいつは当たってる」

勝蔵が背を向けて応えた。

尾張の国では、檜、さわら、あすなろ、ねずこ、高野槇が木曾五木と定められている。御用材以外、伐採はおろか、五木の生育する山は留山《とめやま》とされ、領民の立ち入りも禁じられていた。「木一本首ひとつ」といわれているのだ。

高野槇は生育地域が限られているだけに、とくに厳しい。

「だからそいつを知っていて棺桶なんざ作ったら——この木で棺桶作って倅を送ってやりてえって親心か、材木商としての見栄ですよ」

正平は唾《つば》を飛ばす。

棺桶には、桐や檜、樅《もみ》が使われる。桐は軽く、木地が白いので見映えもいいが、高価だ。

大抵は、金持ちか武家が用いる。

長屋住まいの貧しい者だと、普請場から出た色々な木を合わせて作ることもあった。

棺桶は、六尺（約百八十センチ）の深さの墓穴に降ろされ、喪主が三回土をかける。そのあとが近親者だ。仕上げは穴掘り役の者らが行い土饅頭《どまんじゅう》を作り墓標を立てる。命が尽きた肉体は腐敗し始め、棺桶も雨水等を吸って、次第に朽《く》ちる。そして土饅頭もその年月とともに、ぐずりと崩れ落ちる。

骨と化した骸に土が覆い被さる。人は文字通り土へと還《かえ》るのだ。

貧しい者にとっても、金持ちにとっても、棺桶は死者の最後の乗物となる。

高い安いで、乗り心地が変わるかどうかはわからない。吊り下げられて運ばれるよりは、輿に載せられたほうが揺れも少ないだろうが、死者にはもはやどうでもよいことだ。

死出の旅立ちを生者がどう仕立ててやるか。弔いの満足はそこにもある。

「じゃあ、勝蔵さん、頼みますよ」

颯太は店座敷に上がる。

「颯太さん、親方、ほんとにいいんですか」

颯太は、文机の前に座り、香典帳の用意を始めた。半紙をふたつ折りにして、こよりで綴《と》じる。それなりの商家になれば、弔問客が多い。木島屋あたりになれば、武家との付き合いもある。

幾人集まることか。

「ねえ親方ぁ」

正平が木槌を振り回しながらいった。勝蔵が鉋《かんな》を持って睨《ね》めつける。

「おめえのそのうるせえ口を削るぞ」

「やだな、眼がまじだよ、親方」

正平がぶるりと震え上がる。勝蔵はため息をひとつ吐《つ》くと、裁断された高野槇の板を手にした。

「あのな、昔々の神さまが、神殿は檜で、舟は楠《くす》や杉で、棺は高野槇で作れといった、という言い伝えがあるんだよ。だから昔は偉《えれ》えお方しか高野槇の棺桶には入れなかった」

勝蔵が仏頂面《ぶっちょうづら》でいうと、正平が感心したように、眼をぱちくりさせた。

「へえ、よくご存じで」

「ったく、板を扱うならそれくらい知っとけ」

へーい、と正平はいささか拗《す》ねたように返事をする。

勝蔵が口許を歪めて、さらに続けた。

「高野槙は、風呂桶や橋にも使われるだろう？　木に油分が多くて水が染み込みにくいからだ。棺桶が朽ちるのを少しでも遅らせたいという気持ちもあるのだろうよ」

颯太が香典帳を風呂敷に包みながら、

「ま、木島屋ほどの材木商だ。尾張さまとの付き合いもあるのだろうさ」

あっさりといった。

だから、手代は、お許しを得ている、とそういったのだ。それは尾張藩との話はついているという意味だ。

それでも正平はどこか不安げな顔をしている。

「木島屋は輿を望んでいる。棺桶に屋形を被せちまうんだ。木島屋の隠居はちゃんと万が一のことも考えてるよ。高野槙の棺桶とは気づかれねえ。安心しな」

おめえの首は飛ばねえさ、と颯太は笑った。

正平は、なにやら唸った。

「唸ってねえで、板を切りやがれ」

勝蔵にどやされ、慌てて動き出したが、見当違いかもしれねえけど、と正平が呟いた。

「昔は石の棺もあったんでしょ？　もちろん偉い人ばっかりだけど」

勝蔵と颯太が、正平に視線を向けた。

「なんていうのかなぁ、石の棺桶も高野槇の棺桶も、生き返ってほしいって気持ちがあるんじゃねえかって、おれ、思っちまいました。丈夫な棺桶なら、中の亡骸はちっとの間無事じゃねえですか。まあ、高野槇は結局、朽ちちまいますけど」

勝蔵がしげしげと正平を見つめた。

「あ、いまのは忘れてください。死人が生き返るなんてありゃしねえのに。ああ、こっ恥《ぱ》ずかしいったらねえや」

正平はしどろもどろになりながら、板を手にした。

ふっと颯太が口の端を上げた。

「恥ずかしがるこたぁねえよ。存外、正平のいうとおりかもしれねえよ。隠居は、身代を継いだばかりの倅を急に亡《な》くしたんだ。高野槇の棺桶は、商売人の見栄としちゃ、やり過ぎだと思うが、生き返ってほしいという親心なら得心出来る」

正平が、颯太を見る。

「まあ、棺桶が無事でも中の亡骸は腐っちまうけどな」

肉体は生ものだ。獣や魚と同じだ。腐った容《い》れ物に一度抜けた魂魄《こんぱく》が戻ることは出来ない。

勝蔵が近づいて正平の頭を小突く。

「ほれ、仕事だ、仕事。せっかくの高野槇だ。二度と拝めねえかもしれねえ。きっちりいい棺桶作るぜ」

正平は、へいと応え、深く頷いた。

寛次郎が、荷車を牽いて通りに出て来た。

「颯太さん、みんな積みました」

颯太は風呂敷包みを摑んで立ち上がった。

「さて、出掛けるか。じゃ、勝蔵さん」

「おう。首尾よくな。棺桶は任せといてくれ」

颯太は赤い唇に笑みを浮かべ、奥へ向けて声を張る。

「おちえ、行くぞ」

はーい、と奥からおちえの返事が聞こえた。

四

松太郎の亡骸は、北枕に寝かされている。逆さ屏風《びょうぶ》が置かれ、枕辺には、枕飯と枕団子、線香立てと鈴《りん》が並んでいる。

喪主の内儀はいまだに茫然として、子を抱きながら松太郎の傍にぺたりと座り込んでいる。

痛々しい姿だった。

おちえが眉間《みけん》に皺を寄せて、颯太を見る。颯太は首を横に振った。

帳場を立てた颯太は、町内の葬式組の者たちと弔いの次第を話す。葬式組は町内の十戸から二十戸ほどで作った互助会のようなものだ。訃報《ふほう》を聞くと、近所に伝える告げ人、穴掘り人、料理作りなどの役割を務める。

皆、それなりの歳のため幾度も弔いを出していた。

それでも、訃報を聞かされたときにはてっきり隠居だと思ったと、ひとりの年寄りが顔を曇《くも》らせ、泣き笑いした。

おちえは、台所に集まった近所の女たちとともに酒の用意をし、料理を作っている。

葬式組は施主の隠居と喪主の内儀とすでに話を終えていた。聞けば、死者を北枕に寝かせる枕直しのときに、既に檀那寺の坊主が経をあげていったという。臨終を知ってすぐに坊主が駆けつけ短い経をあげるのを枕経《まくらぎょう》というが、さすがに長屋暮らしの者たちには、ここまで丁寧なことはしない。坊主も日頃の布施次第だ。

通夜までまだときがあるが、奉公人たちは、次々に訪れる弔問客をてきぱきと捌《さば》いている。颯太の帳場は近所の者や友人知人を扱う。葬式組は別帳場を立て、親類縁者、上得意などからの香典を受ける。

どこかの家中であろうか、供を連れた武家が沈鬱《ちんうつ》な表情で隠居に悔やみをいっている。

持参してきた香典帳だけでは足りないかもしれない。颯太は寛次郎を呼び、木島屋の奉公人と香典帳を作るよういいつけた。

おちえが帳場にやって来た。

「ねえ、颯太さん、お内儀さんのお子さん、あたしがあやしてもいいかしら。やっぱりもう見ていられない」

颯太は、ふうと息を吐き、

「おまえが、そうしたいならそうしな。それがとむらい屋の役目だと思うならな」

そう応えると、おちえは頷き、すぐに踵《きびす》を返した。そのすぐ後に、白装束の女たちがやって来た。ひとりは大年増《おおどしま》だが、あとは若い女だ。全部で七人。薄い化粧を施しているが、皆、表情は一様に硬く、沈んでいる。

座敷に戻りかけたおちえが振り向き、眼を瞠《みは》る。

大年増が帳場に立つ颯太に向けて、口を開いた。

「坊さんはまだかい？」

「そろそろ来るだろうさ」

そう、と女は首を回して、他の女たちに向けていった。

「わかってるね、あんたたち。さっき話した通りに頼むよ」

はいと、女たちが一斉に応えた。

おちえの脇を女たちが通り過ぎる。颯太に声を掛けた大年増が、眼を見開いて女たちを見送るおちえに微笑《ほほえ》みかけた。おちえはさらに眼を開き、颯太の袂を摑んで揺すった。

「あの女、昼間会った、お艶って人よねえ？　まさか」

「思い出したようだな」

颯太がくくっと含み笑いを洩らした。

四半刻（約三十分）ほどして、坊主が到着した。おちえは坊主を別室に通し、茶菓子を出す。ひと息ついてから、通夜を始める。

白装束のお艶たちが通夜の座敷に入ってきた。まず松太郎の亡骸に手を合わせ、七人それぞれが身内から少し離れた処にかしこまる。

お艶が、施主の隠居と喪主の妻女に一礼をすると、六人の若い女が、いきなり泣き崩れた。

ある女は、しゃくり上げ、ある女は咽《むせ》ぶ。号泣する女、突っ伏して泣く女。

おお、うう、と悲しい声が座敷内に満ちる。

膝立ちをしたお艶は頬を濡《ぬ》らしながら、松太郎の名を呼ぶ。その声には、哀惜の念が籠《こも》っている。松太郎がどのような人柄であったか、いかに商売に熱心であったかを節をつけ、語る。

「ああ、お父《と》っつぁん、おっ母《か》さんより先に逝く、私はなんて不孝者だ。女房と幼子を遺して逝く私はなんてひどい亭主だ。心配をさせたくなかったから病を隠していたのも悪かった。いまはなにもかも心苦しくてたまらない。許しておくれ、許しておくれ――」

お艶は、松太郎の心情を代弁するように男のような低い声を出し、身振り手振りを交え、切々と訴える。女たちはさらに大きく声を上げ、身悶《みもだ》えしながら泣き続ける。その様子に、亡骸の傍で座していた親類縁者たちも、目頭を押さえ始めた。

お艶はさらに続ける。

「ああ、お前と私の子をしっかり育てておくれ。育った姿が見られないのが心残りだ。だが、お前しかいないのだ。子と店をお前に託す」

妻女は肩を震わせ、松太郎の亡骸をしかとみつめた。そして子を胸に抱く。虚《うつ》ろだった眼に次第に生気が戻り始めた。

お艶が語り終えると同時に坊主が座敷に入り、読経《どきょう》が始まった。女たちは泣くのをぴたりと止める。だが、経の邪魔にならぬよう、今度は声を上げず静かに涙をこぼす。

颯太は、帳場を寛次郎に任せ、お艶の様子を見ていた。

やれやれ相変わらず見事なもんだ、と腕組みをして眺めつつ、呟いた。

お艶とその女たちは泣き女だ。

泣き女たちは、喪家に雇われる。手間代は一升から二升の米だ。一升泣き、二升泣きといって、量によって泣き方を変えるというが、木島屋では二升出しているのだろう。以前のお艶の泣きより、迫るものがあった。

いつの間にか、おちえが隣にいた。

「子をあやすんじゃなかったのか？」

「お内儀さんが離さなかったの。だから無理には――」

颯太は、「それでいい」と、応えた。

「お艶さんも他の女たちも本当に悲しんでいるみたい」

「泣き女も商いだ。おれたちとむらい屋は遺された者たちと一緒に泣いてはやれねえ。だが、泣き女は違う」

うん、とおちえが頷く。

「代わりに泣いてやってるんだ」

「不思議ね。お艶さんたちに泣いてもらって、茫然としていたお内儀さんがしゃんとしたもの。これから店を切り回していかなきゃならないし、この子も守るって覚悟も出来たのかも」

おちえは、唇を嚙み締めた。

だが、泣き女は死者を悼《いた》むだけではないといわれる。泣き女の語りは、身体を離れた魂魄を呼び戻すともいわれている。

隠居は棺桶に高野槇を用い、泣き女を雇った。朽ちるまでに時がかかる高野槇の棺。そして泣き女。

松太郎の再生を願っていたのだろう。

死んだ者はもう戻らない。それを知りつつそうせざるを得なかった辛い思いが窺われた。隠居はずっと顔を伏せたままだった。読経の終わり間際に松太郎を看取った巧重三郎が姿を見せたときだけ、眼をわずかに上げた。

坊主が去ると、泣き女たちも座敷を出る。

弔問客も落ち着き始めた。三百近くが来たようだ。帳場に戻り香典をまとめるか、と颯太が踵《きびす》を巡らせたとき、

「お待ちください。お庭からご焼香を」

寛次郎の遠慮がちな声がした。

「わっちは、主《ぬし》さまにたくさんお世話をいただいたのでありんす。お顔を直《じか》に見てお別れをいわせてくんなまし」

おいおい、吉原から妓《おんな》が来たのか——。

思いがけない客に颯太は吐息しつつ、帳場へと足を運んだ。

寛次郎が帳場で妓を引き止めていた。

颯太は妓の顔を見て、眼を瞠る。お玉をいたぶっていた太夫だ。

まさか、松太郎の馴染みが、この妓だったとは。

太夫も颯太へ眼を向け、はっとしたように眼を開く。さすがに、衣裳は地味だが、赤い紅にしっかり刷《は》いた白粉《おしろい》。きれいに描かれた三日月形の眉。弔いにはそぐわない化粧をしていた。

赤い打掛けを羽織り、物言わぬお玉の骸に取りすがって泣いた姿が浮かんできた。

「お玉のときにはありがとうござりんした。とむらい屋さま、どうぞわっちを座敷に上げてくんなまし」

太夫は小首を傾げて、甘えるような声音でいった。

「さて、喪主さまの手前もありますが、せっかく吉原から出て来なさったのを無下《むげ》に帰すのも気の毒だ。伺って来ましょう」

　颯太は太夫を見据えて、身を返した。

　吉原から松太郎が贔屓《ひいき》にしていた太夫が弔問に来たと伝えると、親類縁者は図々しいと怒り心頭であったが、思いがけないことに妻女が太夫を受け入れた。

「亭主がときには商売を忘れ、浅草田圃《あさくさたんぼ》で羽を伸ばしていたのは知っておりましたから」

　そう気丈にいった。

「驚き。まるで違う人みたい。これも泣き女が効いたのかしら」

　いつの間にかちゃっかり颯太の背後にいたおちえが小声でいった。

　妻女の許しを得た太夫は、堂々と座敷に上がり込むと、妻女の眼前で松太郎の身体に取りすがる。妻女縁者もさすがに顔色を変えた。

「これまで、ありがとうござんした。わっちはお優しい主さまに会えて幸せ者でありんした」

　嗚咽《おえつ》を洩らしながら、途切れ途切れにそういった。

うわぁ、わざとらしい、とおちえは、あからさまに嫌な顔をした。

松太郎の亡骸から身を離すと、眦《まなじり》から流れる涙を拭《ぬぐ》いもせず、悲嘆にくれた表情のままで妻女に深々と頭を下げた。

「お別れをさせていただきかたじけのうござりんす」

けれど、と太夫はわずかに顔を上げ、やや間を置いてから、

「身請《みう》けの約定《やくじょう》を果たしていただけなかったことはほんに残念でありんした」

上目遣いに妻女を見て、太夫はすっくと立ち上がった。

「松太郎が――身請け?」

「まさか、そんな」

その場にいた誰もが動揺し、口々にいい募《つの》った。だがひとり、妻女だけは松太郎の子をしっかりと抱き、

「浅草田圃よりわざわざのお運び、恐れ入ります。亭主もきっと喜んでいるでしょう」

と、太夫を強い眼で見上げた。

太夫は身を返した瞬間、ぎりと唇を噛み締めた。

身請けが駄目になったのか。それは悔しかろうぜ、と颯太は心の内で呟いた。

庭に下り、袖口で目許を押さえながら立ち去ろうとする太夫に、お艶が声をかけた。

「ねえ、あんた」

太夫がわずかに首を回した。白粉を刷いた頬に涙の跡が幾筋もついている。瞳は潤《うる》んでぬれぬれと光っていた。

お艶は、ふと唇を曲げた。

「あんた、吉原でお職を張ってる妓だろう。それにしちゃ、下手糞《へたくそ》だ」

太夫が険しい表情でお艶を見る。

供の若衆が、慌てて太夫の身を守るようにお艶の前に立ち塞《ふさ》がった。

はん、とお艶は鼻で笑って、

「若いのは、すっこんでな。あたしは、太夫と話をしてるんだ」

声を張った。

「この大年増が。太夫に粗相は許さねえぞ」と、若衆が凄《すご》んだ。

「そいつは済まなかったね。あたしは太夫にちょっとだけ伝えたいことがあるんだ」

「お下がりよ。おまえは表で待っていておくれ」

太夫は洟《はな》をすすりながら、柔らかい口調で若衆にいった。へいと肩をすぼめた若衆は、太夫に頭を下げ、去って行った。それを見送った太夫は、身を返して、お艶を睨めつけた。

涙はもうすっかり引いている。顎を上げ、お艶を蔑《さげす》むように口の端を上げた。

「おやおや、ずいぶん顔つきが変わったねえ」

「なにが下手糞だか教えてほしいでありんすなぁ」

「そいつがあんたの本性だ。牛太郎が場を外した途端にその顔だ。そういう器用さはさすがだけれど」

太夫はお艶の言葉に首を傾げ、不意に笑顔になった。

「なんのことやら。わっちはもう廓に戻らなければなりんせん。恩ある松太郎の旦那にひと目お会いしてお礼をいいたいと、廓の親爺さまに頼み込んで出て来たのでありんす」

ご用がなければ、これにて、と太夫が身を翻した。

ほう、と颯太は感嘆した。遊女は己の都合で大門の外には出られない。それこそ親の死に目にも会えないのだ。だが、廓の主人がそれを許したというのは、よほどのことだ。まあ、落籍まで考えていた松太郎だ。相当な上客だったのは確かなのだろう。

「お待ちよ。あたしの話を聞いたほうがためになる」

お艶の呼び掛けに、太夫が出した足先を、つと止めた。

「しつこいでありんすな。白装束ということは泣き女？　その泣き女がなんでござりんしょう」

「だから、下手糞だといったろう？　あんたが廓でやってる手練手管《てれんてくだ》がどれほどのものかは知らないがね、あれじゃあ駄目だ」

お艶は侮《あなど》るように首を横に振る。

太夫は、大袈裟《おおげさ》にため息を吐く。

「なんとももったいぶった言い方でござりんす。わっちのなにが下手糞で、駄目でありんすか？」

お艶は、太夫を真っ直《まっす》ぐに見つめ、

「あんたの泣き方にはこれっぽっちも旦那への情がない」

と、静かだがはっきりといい切った。

「嘘泣きがありありとわかっちまう。吉原は嘘で固めた世界。とはいえ嘘を気取られたらおしまいさ。あんたは旦那のために泣いているんじゃないよ。馴染みを失くした自分が悲しかっただけだ。あんなのはね、あたしらから見れば、ちゃんちゃらおかしくてたまらないねえ」

馬鹿馬鹿しい、と太夫が呟いた。

「知ったような口を利くねぇ。どうして、泣き女にそのようなことを詰《なじ》られなければならないのでありんすか。よほど、そちらさんのほうが、嘘だらけ。泣くのは生業でござんしょう」

太夫が嘲笑《ちょうしょう》を浮かべた。

「ああ、そうだとも。あたしたちは泣くのが生業だ。だから嘘泣きはしない」

お艶は太夫に向け、いい放った。

「太夫、常世《とこよ》太夫。もう戻らねえと、親爺さまにどやされますよ」

若衆が叫んだ。

へえ、とお艶が眼を剝《む》いた。

「参ったねぇ。あんたがいまの常世かい？　話には聞いてたが、信兵衛《しんべえ》もずいぶん眼が曇ったもんだ」

「親爺さまを知っていなさるのか？」

常世が探るような眼をした。

「あたしが、最初の常世だよ」

お艶が静かにいった。

傍で香典帳を繰っていた颯太も仰天したが、常世太夫はそれ以上だったようだ。燈明の下でも、顔色が変わったのがわかった。

「あたしがお職を張っていた頃、信兵衛はまだ青臭い若旦那だった。いい親爺になった今でも困ったことがあると、たまにあたしの家に寄ってこぼしていくんだよ。あんた、なんでも禿をいたぶってたそうじゃないか。よほどいい娘だったんだろうね。信兵衛も死んだことを惜しがっていたからね」

だろう？　とお艶が颯太に水を向けてきた。

「香典帳見ながら、聞き耳立てているのはわかってるんだよ。禿を弔ったのが颯さんだってことも知ってるよ」

颯太は首筋を掻きながら、

「敵《かな》わねえなぁ、お艶姐さんには。あっしがお玉の亡骸をあらためた。火傷と痣だらけだった」

そう応えた。

嫌だ嫌だ、とお艶がため息を吐く。

「みっともないねえ。お職を張る者がやることじゃない。かわいそうな禿だ」

常世の顔が突然歪んだ。

「あの娘はね、生意気だったんだ。松太郎さんにも気に入られて。お玉の水揚げは自分がやるとまでいい出した。こっちが笑って聞いていれば、いい気になって。お玉も子どものくせに色気づいて、その気になってさ。おふざけじゃないよ」

水揚げは初めて客を取ることだ。だが、吉原では馴染みの遊女を替えるのは御法度《ごはっと》だ。それにお玉はまだ十一だった。見世《みせ》に出るまでまだ数年かかる。松太郎とてほんの軽口のつもりだったのだろう。それを真に受ける太夫も哀れな気がした。

「だから、わっちを身請けしろといったんだ。そうすれば、お玉を好きに出来るってね」

そうしたら、何といったと思う？　と太夫が凄むようにしていった。

「自分は心の臓が弱い。いつ死ぬかもわからない。お前が、身請けを望むなら、この世での功徳《くどく》になるかもしれないってさ。笑えるよ。それで、やっと身請けの話もまとまったのに。でもあの娘が死んだのは、あたしのせいじゃない。勝手に足を滑らせたんだからね」

「ちょいと、お里がしれるねぇ。すっかり廓言葉が引っ込んじまったよ」

お艶が呆《あき》れつつ、口を開いた。

「悪かったね。嘘泣きなんていってさ。身請け話がおじゃんになったから、恨み言をいいに来たんだね。悔し泣きか。ああ、くだらない。常世を名乗るなら、もっといい女になりな。それがあんたの生業だろう？　ここのお内儀のほうがよほどいい女だ。あんたが来たことで腸《はらわた》が煮えくり返る思いをしたはずさ。けど、あんたのようにつまらない妬心《としん》は見せなかった」

嘘はつき続けるうちにほんとになる、その覚悟でやんな、とお艶は、顎をしゃくった。

「吉原は常世の国だ。いいかえ、客にかりそめの夢を見せる処なんだよ」

それなのに、年端もいかない子どもに悋気《りんき》するなんざ、玄人《くろうと》のやることじゃない。

「みっともないんだよ」と、お艶は刺すような声でいい放つ。

常世太夫が、唇をわなわなと震わせた。

お艶をきつく睨《にら》みつけた眼が潤んでいた。太夫は顔を歪め、足早に立ち去った。

おやまぁ、いまの涙は本物だ、とお艶が呟いた。

「さて、あたしらも帰るかね。颯さん、明日も来るからね。あ、それと余計なことを聞かせたけれど、あれは内緒だ」

「承知しておりますよ」

颯太が応えると、お艶が笑みを浮かべた。

「ああ、まさか姐さんが、常世太夫をここに？」

颯太が声を掛けると、お艶が小首を傾げた。

太夫は主人に頼み込んで出て来たといっていた。が、酷《むご》い仕打ちを受けて死んだお玉のことを聞かされたお艶は、信兵衛という廓の主へ太夫を松太郎の通夜に寄越すよう、仕向けたのではあるまいか。かつての自分の名を名乗る妓をたしなめるために。

「それを訊くのは野暮天《やぼてん》だ。松太郎さんのご新造には悪いことしちまったけれど」

お艶は女たちを引き連れ去って行く。

通夜を使って勝手な真似をしやがって。まあでも、土の中のお玉は喜んでいるかもしれないな、と颯太は、ふと微笑んだ。

吉原は常世の国、か。常世は永久、常世の国は、黄泉《よみ》の国あるいは仙境。つまり現世に対する異境のことだ。お艶はどういう気持ちで常世と名乗っていたのだろう。そういや、艶って名は通夜とかけているのか。だとしたら艶はまことの名ではないのだろう。

とむらい屋が死者と生者の線引きをしてやるならば、泣き女は、仏を介し、常世と現世を行き来して、亡者と生者の心を慰める。

と、おちえが小走りにやって来た。

「いまのうちにお腹に何か入れておく？」

「そうだな」

薄明かりの下で裏口に向かうお艶の白装束が浮かび上がって見えた。

第二章　穢《けが》れ

一

江戸の町に強い風が吹いた。土埃《つちぼこり》が舞い上がり、通り沿いの商家の暖簾《のれん》が煽《あお》られ、ばたばたと音を立てる。植木屋の友吉《ともきち》は得意先の商家の松の木が気掛かりで、強風の中もいとわず家を出た。少し前に手入れに赴《おもむ》いたのだが、老木の上に、これまでの植木屋が、剪定《せんてい》や冬季の養生《ようじょう》もろくろくしていなかったため、枝折れが心配だったからだ。

「友吉さん」

商家の内儀が袂《たもと》で顔を覆《おお》いながら声を掛けてきた。

「無理はなさらないで。風が強いから」

「大丈夫ですよ。せっかくここまで生きた木だ。折れたら気の毒だ。お内儀《かみ》さんこそ家ん中に入っててくだせえ」

友吉ははしごに足を掛け、作業を進めた。

「じゃあ終わったら、台所に回ってくださいな。昼餉《ひるげ》の用意をしておきますのでね」

「こりゃあ、かたじけねえ」

友吉が振り返って頭を下げたとき、突風が吹いた。

松の幹に立て掛けたはしごがぐらりと揺れる。あっという間もなかった。友吉がはしごごと地面に転げた。

運の悪いことに、友吉は敷き石に思い切り後頭部を打ち付けた。

「きゃあ」

内儀の叫び声が風に散った。


新鳥越町《しんとりごえちょう》のとむらい屋に戻るなり、おちえが這《は》うように板の間に上がりこみ、大きくため息を吐《つ》いて足先をさすり始めた。

「どうしました、珍しいですね」

坊主の道俊が仏具を布で丁寧《ていねい》に拭《ふ》きながら笑顔を向けた。

「だって、今日は風が強かったでしょう。それだけでもしんどかったのに、その上、野辺《のべ》送りの帰り、あんなに遠回りしたんだもの。足が棒のよう」

「仕方ねえだろう。野辺送りの後は、別の道を通ることになっているんだからな」

颯太が葬具を運びこみながら、おちえをじろりと見た。

「わかってるわよ、そんなこと」

おちえは拗《す》ねた口調でいった。荷車に積まれた柳行李《やなぎごうり》を抱えた寛次郎が敷居をまたぐなり訊《たず》ねてきた。

「颯太さん。おれ、前から不思議だったんですけど、どうして帰りは道を変えるんですか？」

えっと颯太が振り返る。

おちえも道俊も、木槌《きづち》をふるっていた勝蔵も正平もぽかんと口を開けた。

「どうしたんです、皆さん。嫌だなぁ、そんな眼で見ないでくださいよ」

「おめえ、ほんとに知らないのか？　ここに来て半年は経つだろう？」

正平が呆《あき》れていった。

そうか、教えてなかったか、と颯太は腰を屈《かが》めて板の間に葬具を並べる。

弔いでは、やってはいけない事や、必ずやらなければいけない事がある。出棺の際には、通常用いている出入り口からは出さない。棺は、萱《かや》や竹で作った仮門《かりもん》を使う。そして墓地までの葬列を野辺送りというが、墓地で棺を土中に納めたあとの帰りは、別の道を通るようにする。

「それはな、死んだ者が家に戻らないようにするためだよ」

颯太の言葉に寛次郎が眼をしばたたく。

「じゃあ、墓地に着いてから棺を三べん回すのもそういうことですか？　颯太さん」

「ああ、そうして北を向かせるんだけどな。それで家の方向をわからなくするんだ」

ふうん、と頷《うなず》きつつ寛次郎は三和土《たたき》を突っ切って柳行李を置いた。

「けど、わっかんねえです。亡者を迷わせたらもっと可哀想じゃありませんかね。家にもう帰ってくるなってことでしょう？」

「そうじゃないわよ」

と、おちえが投げ出した足をさすりながらいった。

「昼間でも野辺送りは提灯《ちょうちん》を灯《とも》すでしょう。黄泉路《よみじ》を照らすという意味でそうするのよ。帰り道を変えるのは、家に帰って来るのを嫌がっているのじゃなくて、ちゃんとあの世に行くようにってこと。亡くなった人のためなの」

わかっていやがる、と颯太は笑みを浮かべた。それに気づいたおちえが、得意げに鼻をうごめかせた。

「そうか。死んだあとも、生きてるときと同じように扱ってやるってことか」

「寛次郎さん、とても良いことをおっしゃいましたね。その通りですよ。仏になるまでの間の魂魄《こんぱく》は迷いやすいのです。ですから、きちんと送ってあげるために遺《のこ》された私たちが、亡くなった人が行く道を間違えないよう考えてあげるのですよ。もう家には戻れない、あなたの進むべき処《ところ》は別ですよ、と」

道俊が数珠《じゅず》を手に合掌した。

「今日、弔ったご隠居さまも無事に彼岸へ行かれたかどうか。私の経がきちんとお耳に届き、導く事ができたか、弔いの度、気掛かりではあります」

寛次郎は、はあ、修行をしてもそういうものですか、とのんきな声を上げる。残りの荷を取りに寛次郎が再び表へ出て行こうとしたとき、颯太はひとりごちるようにいった。

「死者をそうやって扱うのとは真逆のこともする」

寛次郎が足を止め、振り向いた。颯太は言葉を続ける。

「死は日常だ。それは人に限ったことじゃねえ。命という種がある限りどこかで必ず尽きているんだ。けれど、死人を出した家にとっては日常とはいえない。死は、忌《い》み、嫌われるものでもあるんだよ」

颯太はそういって男にしては赤い唇《くちびる》を曲げる。

「ああ、忌中《きちゅう》とか喪中とかってことか」と、寛次郎が呟《つぶや》いた。

死者を出した家は、四十九日の間、その死者を悼《いた》み、死の穢《けが》れを忌み、他人との交際や仕事なども慎む。死者が現世での行いを裁かれ、あの世へ移行するまで四十九日かかるといわれ、その間、死者の魂は家屋の棟《むね》や雨樋《あまどい》にさまよっているという。古くは、家族が喪に服すことは仮死を意味していた。死者とともに死を体感する期間でもあった。

「ということは、弔いを出した家は穢れているってことになっちまうのかな」

寛次郎が考え込むようにいう。

おちえが急に身を乗り出した。

「なにをいってるの、寛次郎さん。そんなことあるはずないいじゃない」

「いや、おちえさん。小さい頃に住んでた長屋で一人暮らしの爺さんが死んでたのが見つかってさ。また、その爺さんが」

頑固で偏屈。ただ、なぜか銭だけは持っていたので、長屋の連中は時々銭を借りていたために頭が上がらない。毎日の飯やら掃除やら、女房どもを顎で使っていたが、ある夜、床について、急な病に襲われたのか、朝になって死んでいるのが見つかった。

その形相ったら、なかった。今でも身震いする、と寛次郎は身を震わせた。

「目の玉が飛び出るほど見開いて、口も開け放ってさ。畳に爪を立てて、身なんか捩《ねじ》れて」

その様子を思い描いたのか、おちえが眉根を寄せる。

それだと、頭の病だろうと颯太は思った。心の臓も苦しい。急激な痛みに襲われ、足をバタつかせ、苦悶《くもん》の表情のまま気を失うこともある。だが、心の臓は意外と死に顔は穏やかなのが多いのだ。

「その時は、御番所の役人がやって来て、爺さんに銭を借りてたおれの親も、長屋の店子《たなこ》も全員お調べを受けたんだ。いい迷惑でしたよ。結局、病だったということで落ち着いたんだけど、今度は弔いで大騒ぎだった」

「お身内はいらっしゃらなかったのですか？」

なぜか道俊が興味を示して、寛次郎に訊ねた。

寛次郎は首を横に振った。

「実は、それなりの商家の隠居だったんですよ。だから銭を持ってたみたいでね。でも、誰も引き取りになんかこない。出て行った者は知らないって、こうなんです」

「なにそれ？」

おちえが語気を荒らげる。

「そいつは酷《むご》い話だ」

勝蔵も木槌を打ちながらいった。

「それが、ちょうど年の瀬だったから、商家としちゃいい迷惑だっていうんだ。忙しい上に、正月だからって、勝手なもんだよ。正月を迎えるのは皆、同じなのに」

颯太は思わず吹き出した。確かにその通りだ。長屋だろうが商家だろうが正月は等しく来る。

「笑わないでくださいよ。でも、そのとき、商家の主人がいったんですよ。死人なんて穢れたものを持ち込まれても困るって。自分の父親なのに冷てえなと。おれはまだ

「ガキだったけどそう思いました」

はあ、とおちえは大きく息を吐き、道俊が整った顔を歪《ゆが》め、呟いた。

「亡くなった人が穢れたものだなんて、誰が教えたのでしょう」

さすがにそれには颯太も呆れた。その父親がなぜ家を出て長屋暮らしをしていたのかはわからない。亡骸《なきがら》の引き取りを拒まれるほどの事をその父親がしでかしたと考えるしかないだろう。父と息子との間の溝は死んでもなお埋められなかったのだ。

酷だと思うが、世間でまったくない話ではない。

道俊が寛次郎へ顔を向けた。

「寛次郎さんは、どうですか？　亡骸は穢れていると思いますか」

ああ、と寛次郎は、腕を組んで考え込んだ。

「ちょっと、そこで考えることなの？　あんたもとむらい屋でしょう。亡骸を穢れていると思ったら、こんな商売はできないわよ」

おちえが声を荒らげる。

「まあ、そういきり立つなよ」

颯太がおちえを軽くいなした。だって、とおちえは不満げに頬を膨らませる。

と、寛次郎が口を開いた。

「穢れているとは思ったことはありませんけど、流行《はや》り病で死んだ者なんかは、やっぱり怖がるじゃねえですか」

まあ、そうだな、と颯太が応えたとき、

「あのう、こちらは葬具屋さんでしょうか？」

まだ剃《そ》り落としたばかりであろう眉《まゆ》の跡も初々しい女が、店の中を窺《うかが》うよう、そっと入って来た。

颯太の前に座った女は、おきよと名乗った。おちえが麦湯《むぎゆ》を出すと、小さく頭を下げた。

住まいは聖天町《しょうでんちょう》で、紅屋《べにや》を営んでいるという。

「聖天町の紅屋さんって、吉田屋さん？」

おちえが問うと、おきよは頷いた。

「おめえ、よく知ってるな」と、颯太が小声で訊ねるや、

「あたしだって、女子《おなご》だもの」

おちえは鼻をうごめかせ颯太を横目で見てきた。

聖天町の近くには、芝居小屋の建ち並ぶ猿若町《さるわかちょう》がある。吉田屋は役者や芝居見物に来た娘たちに贔屓《ひいき》にされ、そこそこには繁盛していると、おきよは控え目にいった。

道俊がすっと立ち上がり、奥の座敷へ入って行った。弔いの相談の際には、道俊は同席しないようにしている。檀那寺《だんなでら》の坊主を呼ぶことを決めている喪家も少なくないからだ。ある程度の商家になればなおさらだ。

亡くなったのは父親で歳《とし》は五十一。友吉という植木屋だ。得意先の松の木が心配で手入れに出掛けたが、突風に煽られ、はしごから転げ落ちたのだという。落ちた処に石があり、そこに頭を打ち付けた、とおきよは淡々と語った。

運が悪かったといってしまえばそれまでだが、思いがけないことは、たいていが不運な出来事だ。

「葬具の貸し出しだけでよろしいので？」

颯太が問うと、おきよは曖昧《あいまい》に頷いた。

「うちでは、弔いも取り仕切っておりますが」

笑みほどには唇を上げず、かといって妙に深刻さは出さない。表情の加減は気を使う。

不幸があったばかりで消沈し、動揺している身内に対して、安心させるためでもある。ただし弔いも商いのため、多少の商売っ気も出さねばならないが、無理強いはしない。あくまでも、喪家の意向に沿うように気を配る。颯太は、そっとおきよを窺う。

おきよは揃えた足の上に乗せた手をキュッと握りしめた。父親が死んだのだ。その表情も暗く沈んだものであって当然なのだが、おきよの顔はそれだけではないように思えた。悲しみよりも、まず戸惑いが先に立っている。それも仕方のないこととはいえ、何か別なことで屈託を抱えているかのようにも見えた。

ただし、それを話すかどうかは、おきよ次第だ。颯太はそうした事情まで首は突っ込まない。

「あの、おきよさん。急なことで、さぞお辛い気持ちでしょうし、ご不安もありましょうが、あたしたちにお手伝いできることがあれば何なりとおっしゃってください」

おちえがいたわるように声をかけた。

三和土に置かれたいくつかの早桶に、おきよが視線を移す。勝蔵と正平は、木槌の手を休めず棺桶を作っている。顔をしかめたおきよが、さりげなく帯に手を当てた。

「あたしの、お父っつぁんなんです」

颯太は訝《いぶか》しんだ。おきよは初めから、死んだのは父親だといっていた。なぜあらためて繰り返す必要があるのか。

おきよは、俯《うつむ》いて続けた。

「でも、本当にお父っつぁんなのかどうかわからないんです」

えっ、とおちえは声を上げ、尻を浮かせた。

「いまお父っつぁんといったばかりじゃないですか」

それが、とおきよは戸惑いながら、言葉を続けた。

「あたし、養女に出されたらしいんです」

らしいというのは、育ててくれたふた親をこれまでずっと実の親だと思っていたからだ。

今朝、どこかの人たちがいきなりやって来て、おまえさんは三つのときに養女に出された、こいつが本当の父親だから弔ってやりな、と亡骸を置いていったのだという。

「じゃあ、おきよさんはその人のこと」

おきよははっきりと首を横に振った。

「もしもその話が本当だったら、十五年前になります。けど顔など見覚えがありませんし、養女に出されたことも初めて聞きました」

「親御さんに訊ねればいいことでしょう？　ねえ、颯太さん」

「いえ、もうふたりともおりません。あたしが十三のとき父が、吉田屋に嫁いですぐに母が亡くなっております」

それでは無理か、と颯太は腕を組む。なるほど、このせいでおきよの様子が妙に感じられたのだ。見ず知らずの男の亡骸を、これがほんとうの父親だといわれれば、誰だって困惑する。少し間を置いてから、颯太は口を開いた。

「養女であれば、嫁ぐ前の町内でわかるのではありませんかね。人別帳《にんべつちょう》があるはずだ」

「じつは、それもうちの奉公人が調べてきました。それによれば、あたしの親は確かに育ててくれたふたりだったのです」

聞き耳を立てていたのか、正平の木槌の音がしなくなっていた。勝蔵が、じろりと睨《ね》めつけると、慌てて木槌を打ち始めた。

「それではお困りでしょう。亡骸を運んで来た方々の素性《すじょう》もわからないのですか？」

「取りつく島もなく立ち去ってしまって」

するとおきよが不意に身震いした。

友吉の亡骸は、怪我《けが》の痕もそのままで、額から後頭部にかけ血がべっとりとこびりついていたのだと、おきよが怖々いった。名や歳、死んだ原因がはしごごと落ちたからということも、友吉の襟元《えりもと》に挟んであった紙に書かれていて知ったという。

おちえが息を吐いた。

「せめて血ぐらい拭ってあげてもいいのに。それにしても酷い話ね。養女というのも作り話じゃないのかしら。弔いを出すのが面倒だから他人に押し付けたとか」

颯太は、組んだ腕を解かずに宙《そら》を見つめた。

面倒ならば、弔いなどしなければいい。皆でその辺に穴を掘り、埋めてしまえばいいことだ。わざわざ運んできて、弔ってやりな、などというほうが騒ぎになる。他人に押し付けるにしても、なぜ吉田屋の妻女の処へ運んできたのかという疑問は残る。

あの、とおきよがおずおずいった。

「失礼を承知で申し上げますが、お金を出しさえすれば身元のわからない方でも弔っていただけるのでしょうか?」

「それはもちろんいたしますが――」

颯太は、おきよをじっと見つめた。

「それでおきよさんが得心されれば、こちらではいかようにもいたしますが」

姑《しゅうとめ》が、とおきよが眼を伏せた。

「さっさと片付けてしまいなさいというものですから。あたしも困り果ててしまって」

「人ひとりが亡くなったのですよ。片付けるって、どういう意味ですか？」

おちえが声を荒らげる。

「でかい声を出すんじゃねえよ。おきよさんだって本意じゃねえんだ。むしろ銭を出しても弔ってやろうとしているんだぜ」

颯太に睨《にら》まれ、おちえは肩をすぼめた。

「おきよさん、あっしとしちゃ、見たこともない男の弔いをすることはないと思いますがね。運んで来たという連中もわからないとなれば、これは御番所にお届けになるのが一番かと」

颯太は北町奉行所の定町廻り同心韮崎宗十郎への仲立ちをしてやろうかと考えた。

だが、「厄介ごとは御免だぜ」という渋面《じゅうめん》が浮かんだ。

それでも颯太の言葉に、おきよが急に晴れやかな顔になった。

「ああ、そうでした。なぜ、そこに気づかなかったのかしら。あたしったら気が動転してしまって。そうですね、そういたします」

おきよが帯に手を当てながら、立ち上がりかけた。おちえがすばやく近寄り、おきよの身に手を添える。おきよが眼を瞠《みは》った。

「身籠《みご》っていらっしゃるんでしょ。さっきからお腹を気にしているから」

ええ、と応え、初めて笑顔を見せた。

新しい命と尽きた命か——。

わずかに頰を染めたおきよへ颯太は視線を向けつつ、血にまみれた遺骸を思う。

「仏さんをそのままうっちゃっておくわけにもいきません。あっしが吉田屋さんへ出向きましょう」

片膝を立てた颯太がおきよを促した。

二

吉田屋の内儀であるおきよは表で待っていた店の奉公人と一足先に戻った。

颯太は着替えをし、おちえとともに聖天町の紅屋、吉田屋に足を運ぶ。

「ともかく、あたしになんとかしろと、姑がいうものですから、困ってしまって。なるべく早くお願いできますか」

おきよは去り際に頼りきった眼を颯太に向け、とむらい屋を後にした。

「それにしても、妙な話よね」

おちえが年増《としま》のように眉間《みけん》に皺《しわ》を寄せる。颯太は袖手《しゅうしゅ》して歩きながら、

「まあな。突然、見ず知らずの男の亡骸を運び込まれりゃな」

小さく息を吐き、空を見上げた。

その亡骸がまことの父親だといわれ、結句《けっく》、おきよは十五年前に養女に出された身なのだと知らされたら、驚かないほうがどうかしている。

あれほど強かった風はぴたりとやんで、いまはそよとも吹かない。そのせいか午後

の陽が直に当たり、肌が痛い。

「おきよさん、大丈夫かしら。ちょっと心配」

「なんだよ。身籠っているからか？　腹ン中に赤子《あかご》がいようと、どっかで人は死んでいる。都合でどうこう出来るわけじゃねえよ。まあ、自ら死ぬ奴は別だがな」

颯太は乾いた口調でいう。

「すぐ、そうやって突き放したようにいうんだから。勝蔵さん、いってたわよ。颯さんは見た目は優男《やさおとこ》だが、時々地獄の閻魔《えんま》さまより怖いことをいうって」

ははは、と颯太は笑う。

「冗談じゃねえ。閻魔さまは亡者を裁くのがお役目だ。おれは、ただのとむらい屋だ。生者と亡者の線引きをしてやるだけの仕事さ。人様の事情にはかかわらねえし、よしんばかかわらざるを得なくなっても、おれが導くわけじゃねえ。道俊にしたって、説教を垂れているわけじゃない。経で現世との執着を断ち切ってやっているだけだ。もっとも亡者の耳が聞こえていればって話だけどな」

はいはい、とおちえは適当に相槌を打った。

「けど、颯太さんもきれいな女には弱いのね。さっさと御番所に届ければ済んでしまう話なのに、わざわざこうして吉田屋さんまで足を運ぶなんて」

「うるせえな」

たしかに、おきよは丸顔で瞳が大きくて、愛らしいという言葉がぴったりするような女だった。さらにお腹の子が喜びと重なって、輝きを増しているのかもしれない。もっとも厄介ごとを背負い込んだ顔は、むろん沈んでいたが。

「どこが気になったのよ。ねえ、ねえ」

おちえがしつこく訊いてくる。

「その口を閉じろよ」

おきよが気になったというより、片付けてしまえといった姑の顔を拝みたいと思ったのだ。

左手には木々に囲まれこんもりとした待乳山《まっちやま》聖天《しょうでん》が見える。待乳山といっても、丘ぐらいなものだが、歓喜天《かんぎてん》を祀《まつ》る本殿からは、江戸が見渡せる。庶民には人気のある場所だった。商売繁盛、夫婦和合のご利益があることも、参詣客《さんけいきゃく》が多い理由だ。

四半刻（約三十分）も歩かぬうちに、

「あ、颯太さん、あそこよ。吉田屋さん」

おちえが通りの先を指差した。店の中を若い娘たちが覗《のぞ》き込んでいる。颯太は店の前に着くと、娘たちに交じって中を見た。奉公人たちが数人、客の応対に追われている。ずらりと並べた紅を見ながら、これでもない、あれでもないと娘たちは手に取っては置きを繰り返している。颯太の眼から見れば、紅など皆同じに思えるが、娘たちにとってはそうではないのだろう。

「吉田屋さんは、木挽町《こびきちょう》にもう一軒お店を持っているのよ。そちらが元々のお店で、聖天町はご次男のお店」

「へえ。なのに姑は次男の方で暮らしているのか。妙な按配《あんばい》だな。大方、長男坊の嫁と折り合いが悪いとかそんなものだろうが。さて、裏に回るぜ」

嫁姑のいざこざには興味はない。早くも歩き出した颯太の後を、おちえが小走りに追いかけてくる。

裏木戸は閉まっていた。颯太が首を伸ばして中を窺うと、丁度勝手口が開いた。台所勤めの女だろう。前垂れと襷《たすき》をかけている。でっぷり太った年増女だ。この女の早桶はちょっと大きめに作らねえと窮屈だろうな、と颯太は埒《らち》も無いことを考えつつ、声を掛けた。

「もし、姐《ねえ》さん。吉田屋さんのお内儀さんはお戻りですか？　新鳥越町の颯太といっていただければおわかりかと存じますが」

年増女が怪訝《けげん》な顔を向けてきた。ずんずん近づいて来るや、

「なんだね、あんたたちは。お内儀さんに何の用だい。あたしは忙しいんだけど」

突《つ》っ慳貪《けんどん》にいった。出来れば、おきよに取り次ぎたくはないというそぶりだ。

「じつは、お内儀さんに頼まれたことがございまして」

「頼まれた？　いい加減なこと言って。物売りの類《たぐ》いなら帰った帰った」

女は野良犬でも追い払うように手を振り、くるりと身を返した。

「ちょっと待ってください。お内儀さん、困っていらっしゃるんではないのですか」

おちえが女の大きな背に投げかけると、振り返ったその顔が不機嫌に歪む。

運び込まれた亡骸のことを口止めされているに違いない。

「およねさん、およねさん」

おきよが勝手口から顔を出した。

「あたしがお願いしたのよ。入ってもらってちょうだい」

およねは、わずかに不安げな顔を覗かせながら、ようやく裏木戸の閂《かんぬき》を外した。

「どうぞ。ほら、早く早く」

と、およねは得心のいかぬ表情をして、颯太とおちえを急《せ》かした。自分は木戸から顔を出し、辺りを窺うようにして戸を閉めた。

「申し訳ございません。実はいま」

母屋《おもや》の裏を回りながら先に歩くおきよが済まなそうにいう。

「あたしがそちらさまから戻りましたら、お奉行所のお役人がいらしていて。姑が手《て》代《だい》に呼びに行かせたようでした」

ふむ、と颯太は唸《うな》った。それならそれで、こっちは楽だ。

「こちらでございます」

おきよが裏庭に案内した。亡骸は戸板に乗せられ、掛けられていたであろう粗筵《あらむしろ》は剝《は》がされていた。顔は見えない。傍《かたわ》らには黒の巻き羽織の役人が背を向けてしゃがみ込んでいる。広い背中、がっしり張った肩。颯太は息を吐く。参った。韮崎宗十郎だ。隣にいた小者の一太《いちた》が、怖々骸《むくろ》を覗き込んでいる。相変わらず死人を見るのは苦手なようだ。

背後に気配を感じたのか、韮崎が振り返り、口の端を上げた。

「よう、とむらい屋じゃねえか。さすがに鼻が利きやがる」

「すいやせんね。あっしはここのお内儀さんに頼まれて来たんでさ」

ふん、と韮崎は鼻を鳴らして、亡骸に再び眼を落とした。

「おれぁ、ここの姑に呼ばれたのよ。で、この友吉ってのが、内儀の父親ってのはまことのことかえ？」

「おきよ、お役人さまが訊いているのよ、答えなさい」

少し離れたところから様子を窺っていた老女が厳しい声を出した。眉間に深々と縦皺が刻まれ、眼が吊《つ》り上がったきつい顔をしていた。なるほどあれが姑か。さっさと片付けてしまいなさい、といったのも十分頷けるご面相だ。

「あたしは知りません。養女に出されたということも初めて聞かされたんです」

いい加減にしておくれ、と姑はおきよを憎々しげに見やる。

「だいたい、祝言を挙げる前に子を作るような女だ。どんな嘘《うそ》をついているかしれない。隠していることだって、たくさんあるんだろうさ。本当のことをいいなさいな」

おきよが俯いて、唇を嚙《か》む。

韮崎は姑の話を聞かないふりをして、亡骸の袖を捲《まく》り上げて、顔をしかめた。肘下《ひじした》に布が巻かれている。韮崎がそれを解くと、入墨《いれずみ》が現れた。

ひっと姑が声を上げて、袂で口許《くちもと》を覆った。

「おお、嫌だ嫌だ。入墨者じゃないかえ」

おきよの顔も青ざめている。

「もしも、亡骸が本当に父親なら、あんたともども出て行ってもらわないとね」

姑はおきよを睨めつけると、すぐに韮崎へ向き直り、声音《こわね》を変えた。

「お役人さま、ともかくこの亡骸の身元を早く調べてくださいな。おきよの実の父親だとしれたら、うちも困ってしまいますのでね。吉田屋は幾人もの役者に贔屓にされているお店なんですよ。評判が落ちたら大変なんですよ」

「ちょっと、さっきから酷いことばかりいってますが、おきよさんは養女だったことも知らず、この友吉さんも見たことがないといっているんですよ。信じてあげないのですか?」

「誰だい？　あんた」

姑がさらに眼を吊り上げ、おちえを睨めつける。

颯太は、頭から湯気《ゆげ》を出しているおちえを制して、前に進み出た。

「あっしは、新鳥越町のとむらい屋でございます」

「とむらい屋？　おきよが呼んだのかい？　おやおや、やっぱり実の父親だったってことじゃないか」

「違います。見たこともありません。信じてください、おっ義母《か》さん」

おきよが懸命にいうと、姑は、はあとわざとらしく息を吐く。

「まあ、いいよ。ちょうどいい。とむらい屋さん、この骸を運び出してくれないかえ」

姑はちゃっかり、これ幸いというような顔をした。

「こんなものを持ち込まれて迷惑しているんだ。紅といえば、役者や女をきれいに見せるもの。不浄なものをお店に持ち込まれたら、いい迷惑なのよ」

不浄なもの――。そりゃあ、見ず知らずの男の骸など薄気味悪い上に、不浄を感じるのは否めない。やれやれ、そうはっきり口にされちゃ、この亡骸も気の毒だ。

「そいつは待ってくれ。まずは何処《どこ》の誰か探らなけりゃならねえ。入墨者なら都合がいい。仕置帳《しおきちょう》でわかるだろうさ。その上で、この吉田屋と縁があるかどうかだ」

韮崎が無精髭《ぶしょうひげ》を撫《な》でながらいう。

「お役人さま、おきよは嫁入りした娘ですから、わたくしどもとはなんらかかわりはございませんよ。だいたい、水茶屋勤めのこの娘が、うちの彦次郎《ひこじろう》をたぶらかしたんですから」

「かかわりないだのたぶらかしただの、ずいぶんな物言いだな、姑さんよ」

韮崎が、ちらりと姑を見る。慌てた姑は、取り繕《つくろ》うように早口でまくしたてる。

「そりゃ、うちの彦次郎にも遊びたい気持ちはあったと思いますよ。けど子ができたといわれちゃね。うっちゃるわけにもいかないから、長屋住まいの植木職から嫁にもらってやったんです。優しい息子なんですよ。でも入墨者がおきよの実の親なら、今すぐ骸と一緒に出ていってもらわないと。妙な噂が立つ前に」

ああ、嫌だ嫌だ、と姑は身を震わせた。

はあーん、と韮崎は憮然《ぶぜん》として立ち上がった。

植木職か。この骸も植木職だと、おきよがいっていた。おきよは、見知らぬ男とはいいながらも、弔いを出す気にもなっていた。何かしら、自分の出自《しゅつじ》と関連があるのを感じていたのかもしれない。そうでなければ、いきなり持ち込まれた亡骸を弔ってやろうなどという気は起こさないだろう。

「で、その優しい彦次郎旦那は何処にいるんだい？」

韮崎がおきよを振り返った。

それまで、いわれ放題だったおきよがようやく口を開く。

「紅花の買い付けに出ております。そろそろ戻る頃かと」

「そうかえ。ならば、旦那が戻るまでにあるていどケリをつけとくか。こちらさんのためにな」

すると、番頭らしき男が小走りに韮崎の側《そば》に近寄ると、紙包みを手渡した。韮崎は袂の中でそれを確かめると、

「こういうことをされても手は抜かねえよ」

口の端を上げげた。

三

「おい、一太。奉行所で友吉という植木職の男の素性を調べてもらえ。住まいもわかるだろうぜ。それが知れれば、付き合ってた植木職もわかる。そいつらも当たれ。最

後に出向いた先での話も聞きてえ」

「そんなにいっぺんにいわれても」

一太がぶつくさいうと、

「つべこべいってねえで早く行け。骸の隣に寝かせるぞ」

韮崎が怒鳴った。そいつは勘弁だ、と一太は身を翻《ひるがえ》して走り出した。

「それと、とむらい屋、人手が足りねえ。こいつを番屋に運ぶことになったら手伝いな」

「なんで、あっしが？　ただ運ぶだけなら御免こうむりますよ。銭にならねえ」

姑が颯太の言葉を耳にしてせせら笑った。

「お弔いを生業《なりわい》とする人は奇特《きとく》な方だと思っておりましたけれど、やはりお金なんだねぇ。祝い事や弔いでケチる人はおりませんからね。特に不幸はなおさら。それに乗じてふんだくるのでしょう？　いいご商売だこと」

「ちょっと！」

おちえが声を張る。

「やめねえか。カッカするんじゃねえよ」と、おちえを止めた颯太は、姑を真っ直ぐに見つめる。

「お言葉ですが、姑さん。あっしらは確かに人の不幸に乗じる商いだ。だが、どんな骸でも汚らわしいものとも不浄なものとも思ったことは一度たりともねえ。そこにあるのは、たった数刻前まで、息をしていた人だ。友吉という植木職だった」

身体の中には、様々な臓物が詰まっている。管には赤い血が流れ、心の臓も胃の腑も肺の臓も休むことなく動いている。そのすべてが停止した時、人は死を迎える。命が尽きた時、その容れ物も徐々に腐り始める。

「あっしらは、骸をただ土に放り込むだけの商売じゃねえんだ。植木職の友吉の容れ物だったものとして大切に扱う。それにはそれ相応のやり方を伴う。だから、その対価としての銭をくれといっている」

「だいたい、うちにはなんの関係もないのよ」

「いいえ、ここに運ばれてきたという縁がある」

馬鹿馬鹿しい、と口許を引きつらせながら姑が一瞬たじろいだ。が、

「きれいごといっても、銭が欲しいんだから変わりないでしょ」

横にいた番頭へいった。

「三両もあれば十分でしょう」

「恐れ入ります」と、颯太は素直に頭を下げた。姑は勝ち誇った顔つきで颯太を見る。

「おちえ、ここの竈《かまど》を貸してもらえ。一膳飯を炊く。それから、団子も用意しろ」

「はい」

颯太の意に従って、おちえがにこりと笑った。

姑が慌て出した。

「なにするんだい。この死人とうちはかかわりがないんだよ」

「かかわりがねえんでしょ？　枕飯は、身内の家の竈は使わねえぐらいはご存じのはずだ。まあ、釜は七日の間用いちゃいけませんが、これくらいのお店なら余分に釜もあるでしょうから。あっしらは、それ相応の扱いをするといったはずですよ。あんたは、骸を不浄といった。だから、あっしらはこちらのお店に不浄が残らないようするつもりでさぁ」

「おい、とむらい屋。いい加減にしねえか。こちらに迷惑をかけるんじゃねえよ。こいつを番屋に運べばいいことだ。意地張ってもどうなるもんじゃねえよ」

韮崎が颯太の肩をむんずと摑んだ。

颯太は、にっと笑いかけた。韮崎がむっと口を曲げる。颯太の赤い唇が今日はことさら目立つ。

「死は不浄なもの。忌み嫌われるもの。そいつは畏《おそ》れがあるからですよ。人が死ぬということはわかっていても、なぜ死ぬのかはわからねえ。いつ自分に降りかかるかわからねえ。夜の闇が恐ろしいのと同じだ」

おちえ、と颯太はもう一度名を呼んだ。

「さっさと、支度をしてくれ。おきよさんも頼む」

おちえは頷いた。おきよが慌てておちえの後を追う。

颯太は、番頭に盥《たらい》に水を張って持ってくるようういった。姑の顔色を窺いながらも番頭は、小走りに去った。

「まあ、こんな骸が持ち込まれて、さぞ迷惑なことでございましょう。けどね、不浄というなら、身籠っているおきよさんも不浄なんですよ。むしろ死人よりもね」

「なんだいそりゃあ。赤ん坊ができたのはめでてえことじゃねえか」

と、韮崎が眼をひん剝《む》いた。

颯太は微笑《ほほえ》んだ。

「産屋《うぶや》は血にまみれまさ。それも不浄なんですよ。女子の月の障りもそうだ。女は霊《れい》峰富士《ほうふじ》には登れない。女人禁制は女子が血にまつわる不浄な生き物だからですよ」

「なにをいっているのやら」

姑は鼻を鳴らして颯太を睨めつける。

「とはいえ、あっしはそうは思っておりません。女は命を繋《つな》ぐ。自分の身を痛めて子を産むんです。それのどこが不浄でしょうね。けれど、それも畏れなんですよ。わからねえことへのね」

番頭が盥を持って来た。

颯太は懐《ふところ》から、懐紙《かいし》を出すと水に浸して、友吉の顔や髪にこびりついた血を拭う。

颯太は友吉の頭を持ち上げる。これが致命傷になったのだろう。深い傷があった。

「このままじゃ、骸もかわいそうだ。頭の鉢がぱっくり割れていますよ。誰も医者を呼ばなかったんですかね。治療の跡がありません。見殺しにしたようなものだ」

韮崎がしゃがんだ。

「物騒なことをいうんじゃねえよ。松の枝を切りに行った先で、そのまま外に追い出したとでもいうのかえ？」

いや、と颯太は友吉の懐をあらためた。血のついた手拭いが押し込まれていた。颯太は韮崎に手拭いを突き出した。もう赤黒く変色している。

「これを見る限り、手拭いで頭を巻いて家まで戻ったようですね。多分、本人は大した怪我じゃねえと思ったんでしょう。しかも入墨者ときている。ヘタに医者に診《み》られて、仕事を失うのも怖かったのかもしれません。けれど、思いの外傷が深く、血が流れ出た」

「だとしたら得心できる。馬鹿な奴だな」

「韮崎の旦那。こいつを縫い合わせるなら、巧さんを呼びますか？」

あの医者か、と韮崎がぼやいた。巧重三郎は町医者だが、北町奉行の榊原主計守《さかきばらかずえのかみ》忠之《ただゆき》の縁戚でもあった。

「身元知れずの亡骸の怪我を縫い合わせたのがお奉行に知れたら、厄介だな」

「そんなことはありませんよ。巧さんは医者ですからね。坊主の道俊では亡骸を綺麗にはできませんせん」

ねえ、と姑が痺《しび》れを切らしたのか、声を掛けてきた。

「本当にどうするんです、これ」

と、姑が友吉の顔を覗《のぞ》き見て、はっとした顔をしたがすぐに眼をそらせた。

颯太はそれを見逃さなかった。

「どうなさいました。顔をきれいに拭ったら、知った顔が出てきましたか？」

「知りませんよ、こんな人」

そうですか、と颯太は粗莚を掛けた。

姑はどこかそわついていた。明らかに動揺している。やはり、友吉のことを見知っているに違いない。

「あの、さっきあなた、身籠もったおきよの方が死人より不浄だといったでしょう？それはなぜなの？」

ああ、と颯太は立ち上がり、韮崎へ眼を向けた。

「旦那、赤子はどうしたら出来ますか？」

「な、なんだよ、藪《やぶ》から棒に。そ、そりゃあ、男と女がよ、そのなんだ」

韮崎は、ごほんと咳払《せきばら》いした。いかつい顔に似合わず、存外純なところがあるようだ。

颯太が含み笑いを洩《も》らすと、「笑うな」と顔を真っ赤にして声を張り上げた。

「その通りです。子は男と女が交合《まじわ》ってできます。どういう仕組みかはわからずとも、人は望んで行います。その分、不浄が高くなる。けれど、死は違います。同じ不浄でもいつなんどき見舞われるかわからない」

　韮崎が顋に手を当て、唸った。

「つまりなにかい？　死は人が及ぶところじゃねえが、お産は人が進んで不浄を作り出してるからかい？」

　そういうことです、と応えて颯太は頷いた。

　子が生まれると、お七夜、人が死ぬと初七日。なぜ生死まったく正反対である事象に七日で区切りをつけるのか、それも不思議だと颯太はいった。

「姑さんにとっては、子を身籠ってから、嫁入りしたおきよさんは不浄の最たるものでしょう？　こんな亡骸ひとつで、不浄と騒ぎたてなさんな」

　颯太はこともなげにいうと、姑に笑いかけた。

「さっきからいいたいことばかり。ともかく早く、うちからこの亡骸を出してちょうだい。お役人さま、こんなとむらい屋のいうことにいちいち耳を貸しても仕方ないじゃありませんか」

姑がたまらず叫んだ。

「颯太さん、お待ちどおさま。ご飯だけは炊けたから。お団子はもう少しかかるかな」

おちえが、こんもりと飯を盛った飯茶碗を持ってきた。むろん、友吉の飯茶碗でもなければ、立てられた箸《はし》も吉田屋の物だ。

枕飯は亡者にとって、最後の飯。生者との別れ飯の意味を持つ。飯や団子を亡者に供えるのは、魔除けでもある。古来、米には霊力が宿るとされている。大地に根ざし、黄金色の穂を揺らす米は、神からの贈り物であり、人々の生を支えてきた。神前に捧げ、藁《わら》で注連縄《しめなわ》を作る。神聖である一方で、人の暮らしの中に密着している。米は亡者から魔を遠ざけ、また生者が死に引き込まれるのを防ぐ為でもあるのだ。

おちえが友吉の頭の先に枕飯を置いた。

「よしっ。あとは枕団子が来るのを待ちましょう。ああ、番頭さん、短刀はありますかね」

はい、と番頭が座敷に上がったときだ。

「だ、旦那さま！」

その声に皆が一斉に振り返った。おきよの夫、吉田屋彦次郎が戸惑いの表情で立っていた。

「お疲れさまでしたね、おちえちゃん」

道俊が麦湯を差し出した。

「あの姑さん、人使いが荒いのよ。あたしたちは、近所のお手伝いじゃないのよ。弔いを取り仕切るのが仕事なのにさぁ。お酒だ、お菜だって、奉公人みたいにこき使われて」

「それは、お嫁さんのおきよさんが身重だから、気遣っていらしたんじゃないですか。若いから無理をしがちだ。子が流れでもしたら大変でしょう」

道俊がなだめるようにいう。おちえは自分で肩を揉《も》みながら、

「そんな優しさの欠片《かけら》があるなら、見せてもらいたいもんよ」

ぶうぶう文句を垂れている。

友吉の亡骸は、結局、吉田屋がひっそりと弔った。忌中の張り紙もなし、弔問客《ちょうもんきゃく》もなしの弔いだった。まさか彦次郎も、おきよの実父の骸が届けられるとは思っても

いなかったらしい。

彦次郎が通夜の席で語ったことに、皆、驚きを隠せなかった。

「友吉さんはおきよのほんとうの父親です。私がそれを聞かされたのは、うちに出入りをしている植源《うえげん》の親方からでした」

友吉はかつて植源に勤める職人だった。数年前に友吉も吉田屋の植木の手入れをしに訪れていたこともあったという。颯太が友吉の血を拭ったとき、姑がはっとしたのは顔を見覚えていたためだ。

友吉は真面目な職人だったが、酒が入るとついつい気が大きくなる癖があった。十五年前、たらふく酒を飲み、同じ植源の若い職人の仕事にケチをつけたところから、喧嘩沙汰《けんかざた》になり、大怪我を負わせた咎《とが》で牢送《ろうおく》りになった。それは、奉行所の仕置帳でも調べがついた。相手の怪我はひどく、植木職を辞め、仕事もせず、ほとんど寝たり起きたりの状態になった。

牢から出た友吉は、女房が亡くなっていたことに愕然《がくぜん》とし、乳飲み子のおきよを抱えて途方に暮れた。そこに、子がいない植木職の夫婦が引き取ってもいいといったのだという。

「ただし、自分は入墨者だから、実の子にしてほしい。そんなことで、おきよの先を苦しめたくない、というのが友吉さんの思いだったようです」

彦次郎は話し終えるとほっとしたような顔をした。植源の親方が彦次郎にこれを伝えたのは、おきよを引き取った夫婦が植源の旧《ふる》くからの知り合いだったせいだ。

「親方はきっと私を試したんでしょう。そのことを知ってもおきよを娶《めと》るかどうか。けれど、おきよはおきよです。私の気持ちに変わりはありませんでした」

おきよはそれを聞いて、俯いた。

姑はなんとも苦々しい顔をしていた。なぜ、自分に知らせなかったのかと非難めいた眼で、息子を見やった。

「さて、続きは、おれだな」と、韮崎が口を開いた。

けれど、人の口に戸は立てられないのが常だ。いつの間にか噂が広がり、怪我を負わされた若い職人の仲間たちが、おきよが吉田屋に嫁したことを偶然耳にした。友吉の娘が玉の輿に乗ったと聞いて余計に恨みを募らせたのだ。

「仕返しのつもりだったんだよ。友吉が植源を辞めたのは三年前だ。親方の源治《げんじ》からいくつか屋敷を譲り受けてな。それも面白くなかったんだろうぜ。友吉が怪我をしたと源治の元に知らせが入ったんだが、友吉はまだ息があった。それを見殺しにしたんだよ」

塒《ねぐら》で虫の息だった友吉を誰が見殺しにして、その亡骸を吉田屋まで運んできたかは、調べがついている、と韮崎はいった。

怪我を負わされた若い職人の仲間三人だ。

「せめてもの償いに」と、友吉は自分の手間賃から毎月、親方の源治にいくばくかの銭を預け、源治がその銭を、若い職人に渡していた。

が、「身体が使えなくなったんだ。その恨みは相当あっただろうし、許せるはずもねえが、こんな形で仇《あだ》を返すのはやりきれねえ」と、源治は韮崎にそう語ったという。

それを黙って聞いていたおきよは目頭を拭った。


「けど、十五年も恨みに思っていたってことよね。怖いなぁ」

おちえがため息を吐く。

「だけどな、友吉に怪我させせられた奴は、一生を棒に振ったようなものだ。死ぬよりつらいかもしれねえよ」

颯太は提灯をたたみながらいった。

「でも生きていればなんとかなるかもしれないのに」

「おめえのようにか？」

おちえの母親は馬上の武士に殺されたようなものだった。

「敵討《かたきう》ちなんて思わないけど、謝ってほしいと思う。友吉さんはその人にお金を渡していたんでしょ？　それでも許せなかったのよね。ちゃんと謝っていないのかしら」

「謝る、か。それじゃ足らねえと思う奴ぁ大勢いるぜ。金をもらってもな。施《ほどこ》しくらいにしか思えなかったかも知れねえしな」

許す許さない、忘れる忘れないは、時が解決するものとは限らない。けれど負の思いが重たいほど、自分の生まで重くなる。そこから脱っしたいと思えば、前を向けるのかもしれないが。

「けどなぁ死ぬってことは、人としての区切りだ。おれは、あの世なんかねえと思っている口だが、生きてるうちのことはすべてご破算だ」

だからもう骸に不浄も穢れもねえのだ、と颯太は思う。

畏れ、戦《おのの》くから、死も骸も忌み嫌われる。悲しみにとらわれる。知らないうちに生まれたように、死もいつかは訪れる。生死は表と裏。身は容れ物だ。

「正平、酒はほどほどにしろよ」

颯太が呼び掛けると、

「まあ、ちっとばかし愚痴はこぼしてもよござんしょ」

「てめえ、おれの愚痴なら承知しねえぞ。木槌でぶっ叩いて、おっ死《ち》んだら、おめえにぴったりで居心地のいい早桶作ってやらあ」

勝蔵が木槌を振り上げた。

「勘弁してくださいよ。いくら居心地がよくても、死んだらわかりませんよ」

正平が口を尖《とが》らせると、おちえが笑い転げた。

第三章　冷たい手

一

足先が冷えて、お吉《きち》は寝覚めた。すでに陽が昇っている。三畳の座敷の中は昨夜の酒と台の物の肴《さかな》の匂いに満ちていた。お吉は身を起こして、肩からずり落ちた襟《えり》を引き上げ、隣で眠っている男を揺り起こした。

男は、お吉の許《もと》に通って来るようになって、ふた月経つ。五日に一度、必ず顔を見せる。経師屋《きょうじや》の職人で歳は二十五。あと二年したら自分の店を持つと張り切っている。そうしたら嫁をもらって、子をもうけるんだ、と勝手に喋《しゃべ》る。そんなことを聞かされてもべつにどうということはなかった。男の暮らし振りがどうなろうと、どこの誰が嫁になろうと、お吉にはまったくかかわりがないのだ。名はなんといったか。金助《きんすけ》だったか、銀助《ぎんすけ》だったか。それだって覚えていない。銭の払いがきれいであればそれでいいのだ。

「もうちょっとくれえ寝かせてくれよ」

男は寝返りを打つと、お吉の腰のあたりに指を伸ばしてきた。

お吉はそれをやんわり拒んで、夜具から抜け出ると、器《うつわ》を片付け始める。

ちっと舌打ちが聞こえた。

「色気もなにもあったもんじゃねえな。後朝《きぬぎぬ》の別れだっていうのによ」

お吉は応えない。

「なあ、お前が泊まってくれといってるんじゃねえか。朝の世話もしてもらいたいもんだぜ」

男はお吉の背後から抱きついてくると、襟元へ手を滑り込ませた。

「困ります」

と、お吉は男の手を押さえたが、結句《けっく》、抗《あらが》えきれずに夜具に引き倒された。

覆いかぶさってくる男にされるがまま、お吉は天井《てんじょう》を見上げた。

五人の女が長火鉢を囲んでくつろいでいる。早朝、泊まり客を追い出し、ひと息ついたところだ。客がしつこかったとか、酔いつぶして寝かせたとか、昨夜の首尾を思い思いに艶笑《えんしょう》しながら話している。

経師屋を帰したお吉は乱れた髪を軽くなでつけ、息を吐く。「また来る」と男はいったが、お吉は笑みを向けるでもなく、ただ頭を下げただけだ。

お吉は、女たちが集まる座敷には寄らない。半年近く経った今でも店の女たちが苦手だった。あけすけで遠慮がないからだ。さも仲が良さそうに振る舞っているが、その実、そう装っているだけなのが、透けて見えるのも嫌だった。廊下の突き当たりに、女将《おかみ》のおりつの部屋がある。挨拶をして帰るつもりだった。長屋へ戻ったらすぐに湯屋へ行く。お吉は泊まり客があったときは、いつもそうしている。

「お吉ちゃん、帰るのかえ」

座敷の前を通りかかったとき、長火鉢の前で、煙草《たばこ》を服《の》んでいたお登勢《とせ》が声を掛けてきた。お吉は足を止め、小さく頷《うなず》いた。

「こっちに入って少しは休んでいきなよ。客の手土産《てみやげ》もあるからさ」

お登勢の隣にいた女が、竹皮に載った金鍔《きんつば》を差し出してきた。

「ありがとうございます。でも、すぐに帰らないと」

カン、とお登勢が煙管《キセル》を長火鉢の縁に当て、灰を落とした。

「帰ったところで、誰もいやしないじゃないか。それにさ、その様子じゃ、朝も励んだんだろう？　大変だねぇ、助平《すけべえ》な男に気に入られると。あんた十七だったよね。たいしたもんだ」

「どんな手練手管で男を物にするんだか教えて欲しいよ」

と、朱《あか》の襦袢《じゅばん》の上から安手の小袖《こそで》を引っ掛けた女が鼻にかかるような声でいう。

「そんなのありません」

お吉が小声で応えると、いきなり湯飲み茶碗が頬をかすめた。

きゃっ、とお吉は身を屈《かが》めた。壁に当たった湯飲みが割れて廊下に落ちた。

「おや、ごめんよ。手が滑っちまって」

お登勢がいうと、周りからくすくす含み笑いが起きた。

「お登勢姐《ねえ》さん、いくら手が滑ったってあっちの壁まで飛んで行きゃしないだろう？」

ひとりの女が身をよじって笑う。

「うっかりだよぉ。金鍔の餡《あん》が指についていたせいだ」

お吉はしゃがんで湯飲み茶碗の欠片《かけら》を拾い集める。

お登勢はこの店の妓《おんな》たちを仕切っている。十八の頃から三年、この店で働いているらしい。お登勢に気に入られず追い出された子もいたと聞いた。だから嫌われないために女たちは群れているだけなのだ。でも、お吉は別段気に入られようとは思っていない。ここを追われたら、ほかの店に移ればいいだけのことだ。男に身を売る店は江戸中どこにだってある。

もちろん浅草田圃《あさくさたんぼ》にある吉原のようにお上のお許しを得ていないので、御番所の役人に知れたら、お咎《とが》めを受ける。そこにいる女たちも吉原へ入れられる。けれど、そうした店はお役人にたっぷり鼻薬を嗅《か》がせて見て見ぬふりをしてもらう。

富岡八幡宮《とみおかはちまんぐう》の門前町《もんぜんまち》に『桔梗《ききょう》』はある。表向きは、料理屋の看板を上げているが、そのじつは、子供屋と呼ばれる女郎屋だ。大きな寺社の近くにはこうした子供屋が多く集まっていた。岡場所《おかばしょ》とも呼ばれ、安く気軽に遊べることから、男たちには人気があった。

けれど、昔々のお上の取り締まりで、こうした岡場所は随分潰《つぶ》された。が、悪所というのは潰しても、潰されても、その鎌首《かまくび》をもたげる。

いまもこうして残っているのがその証《あかし》だ。だから、ちっともお吉は心配していない。

お登勢に好かれなくても構わない。若いうちなら、どこでも雇ってくれる。歳をとったら堕《お》ちるところまで堕ちればいい。

先のことなんて考えたって詮《せん》無いこと。今が積み重なれば嫌でも時は過ぎるのだ。

お吉が掌《てのひら》に、湯飲みの欠片を重ねていく。

かちゃり、かちゃりと湿った音がする。

「ちゃんと拾いなよ、お吉」

「足に破片が刺さったら、あんたのせいだよ」

「お高く止まってさぁ。ここにいりゃ、やることはみんな同じだってのに」

女たちは口々にいって、けらけら笑った。

廊下の突き当たりの障子《しょうじ》が開いて、おりつが顔を出した。

「なんだい、騒がしいね」

お吉が顔を上げ、遠目におりつを見る。

「湯飲みを割ったのかい？　給金から引いておくよ。お吉」

「はい」

「台の物は下げたかえ？」

「はい」

おりつは四十二。若い頃は商家の旦那や隠居の囲われ者として暮らしてきた。幾人も旦那をとっかえ引っ換えし、おりつは別れる度にもらう手切れ金を貯めて、この『桔梗』を開いた。ここにいる女の中でも、とくにお登勢はおりつに憧《あこが》れている。自分もいつか、こうした店を持ちたいと思っているのだ。

けれど、お吉がここに来たとき、おりつがいった。女郎から始めたら、それでお終《しま》いだ。よほどいい旦那の袖を引かないとね。それにこんな店には金を持った客など来やしない。お登勢はいつも欲が見え見えだから、うまくいかないのだ、と。

「あんたはそういう高望みは持ってないだろうね？」

お吉はこくりと頷いた。

「もう男は知ってるかえ？」

もう一度、お吉は頷いた。ふうん、とおりつは首肯して、お吉をしげしげと見る。

こういう店で働くと決めたとき、水茶屋で見ず知らずの行商人の中年男を誘って、寝た。行商人だから、江戸にいるとは限らない。後腐れがないと思ったのだ。

初めての男だったが、なんの感慨もなかった。こういうものだと思っただけだ。痛みはあったが、幸い男は優しかった。それ一度っきりだ。

「あんた、家族は？」

「いません。お父っつぁんの顔は知りません。おっ母さんがひとりであたしを育ててくれました。けど、そのおっ母さんも半年前に死にました」

おりつは、少しだけ唇を曲げた。

「じゃあ、あんたひとりかえ」

「駄目なんですか？　あたし、稼がないとおまんま食べていけません、店賃《たなちん》だって払えません。家の者がいないと置いてくれないんですか？」

お吉は身を乗り出していった。おりつが、眼を丸くして笑う。

「そんな決まりはありゃしないよ。ただね、こっちも商売だ。あんたにいい加減なことをされちまったら困る。手癖《てくせ》が悪いとか、わからないからね」

おりつがお吉を見つめた。向けられた視線は、険しいものでも、同情でもなかった。

お吉の身体や顔を吟味《ぎんみ》する冷たい眼だった。

「まあ、いいさ。明日からおいでな」

おりつは煙管を取り出した。

二

　首を緘った――。

　あたしが眠っている傍で――。

お吉が眼を覚ましたとき、最初に眼に飛び込んで来たのが、宙に浮いている母親の足だった。

首を縊《くく》った――。

頭の中が真っ白になった。その後、がたがたと身体《からだ》が震え始めた。だが、上を向くのも怖かった。お吉は表《おもて》に飛び出した。

なにを叫んだのかも覚えていない。長屋の人たちが、わらわら出てきて、お吉と母親の家を覗《のぞ》くなり騒ぎになった。皆、青い顔をして、怒鳴り合うように話していた。

お吉はただ呆然《ぼうぜん》と突っ立っていただけだ。隣の女房が泣きながらお吉を抱き寄せてくれた。その感触だけは、なんとなく身体に残っている。

母親に負《お》ぶわれたことも、手を繋《つな》いで歩いたことも、抱きしめられたことも、お吉はほとんど記憶がない。

女房に抱かれて、人の温もりというのはこういうものなのだろうと思った。

居酒屋勤めをしていた母親の帰りは遅く、お吉は幼い頃から夕方から明け方までひとりで過ごすことがしばしばあった。町木戸が閉まる夜四ツ（午後十時頃）の拍子木《ひょうしぎ》を聞くと、お吉は夜具を敷いて、眠りについた。そういう夜は、母親は帰って来ないからだ。ただ、お吉が朝起きると、隣に母親がいた。酒臭い息を吐いて、眠っていた。

けれど、母親から邪険にされていたわけではない。

ほとんど飯は作ってくれなかったが、出前を取ったり、鰻《うなぎ》を食べに行ったりした。着るものもつんつるてんのぼろではなくて、柳原土手《やなぎわらどて》にずらりと並ぶ古手屋《ふるてや》で、お吉が望むものを買ってくれた。

夜の仕事のせいだったのか、銭はそこそこ持っていたのだ。店賃だって、溜《た》めたことは一度もない。

お吉は十《とお》を過ぎると、母親のために毎朝、飯を作った。起きても、酒のせいで頭が痛いとこぼし、昼まで横になっていることもあったが、お吉の飯は必ず口にして、「美味《おい》しい」といって笑みをこぼした。

店の客に送られて戻って来た夜は、必ず夜具にくるまって、声を洩らさず泣いていた。

なにが悲しいのか、お吉が訊《たず》ねたことがあった。けれど、母親は笑みを浮かべただけだった。

しばらくして、番屋から人がきた。差配《さはい》とお吉を質《ただ》したが、答えることなんか取り立ててない。おっ母さんは、死んだのだ。自分で梁《はり》に紐《ひも》をかけて死んだのだ。

その日に、通夜が執り行われた。お吉は、母親の傍にただ座っていた。お吉と同じくらいの歳の娘が、悔やみをいって、枕辺に置く団子や飯を用意した。

「きれいな女《ひと》ですね」

その娘は母親の亡骸《なきがら》を見てそういいながら、首許に残っていた紐の跡に白粉《おしろい》を刷いて、上手に消した。顔にも薄く白粉を載せた。赤の他人の亡骸に化粧を施すこの娘はどんな思いでやっているのだろうか、とお吉は考えた。

「さ、お吉さん。おっ母さんに紅を引いてあげてください。それと、紅を頰の骨の上にちょっとだけ付けてそっと広げてくださいね。顔の色が明るくなりますから」

娘から化粧道具を渡された。

お吉はいわれた通り、唇に紅を引いた。蠟《ろう》のように透き通った白い顔。もともと色白の母親の顔はさらに際立って見える。お吉は指先に紅を付けて頬に触れる。はっとして思わず指を引いた。肌の冷たさは水瓶《みずがめ》に張った氷の感触とは異なるものだった。これまで温かかったものが、次第に熱を失っていく、その冷たさだ。二度と温まることのない冷たさ。

これが、亡骸なんだと実感した。

坊主は若くてきれいな顔をして、読経の声も伸びやかで、美しいものだった。

もうひとり、顔立ちの整った男がいた。唇が紅を塗ったように赤い。男のくせに変だとお吉はぼんやりと見るともなしに見ていた。

その男が、通夜の指図をしていた。新鳥越町のとむらい屋だと向かいの女房がいった。差配が頼んだのだ。

翌日は、亡骸を納めた早桶を墓地まで運んだ。寒風《かんぷう》が吹いていた。

六尺（約百八十センチ）掘り下げた深い穴の中に早桶は静かに降ろされた。娘のお吉が最初に土をかける。それから差配が、そして長屋の者たちが次々と土で埋めていく。母親が働いていた店からは、主人夫婦が姿を見せた。土饅頭《どまんじゅう》に、団子と茶碗に盛った飯を添える。それで終いだった。

質素な弔いだったが、御斎《おとき》の料理もきちんとしており、長屋の者たちは驚いていた。

お吉は、とむらい屋の男を探した。赤い唇の男だ。銭が心配だった。男は井戸端で手を洗っていた。お吉が銭の話をすると、

「もういただいておりますよ」

男は無表情でいった。

お吉は差配がすべて整えてくれたのだと思った。でも、差配がそこまで親身になって店子の面倒を見るだろうか。そんなお吉の様子を見て取ったのか、男が口を開いた。

「あんたのおっ母さんですよ。いつだったかうちを訪ねていらして、弔い代はこれで足りるか、と置いていかれたんです」

お吉は啞然《あぜん》とした。

「あっしも、まさかご本人の弔い代になるとは思いも寄りませんでした。きっと誰か病の重い方がいるのだと。うちは弔いを仕切るのが生業《なりわい》ですが、ご本人から先払いされるのは初めてのことでしたよ」

男は笑うでも、困惑したふうでもなく、やっぱり無表情でそういった。

「おっ母さんは、なぜ死んだんでしょう」

お吉はなぜとむらい屋の男にそんなことを訊ねたのか、わからなかった。でも、誰かに訊きたかったのだ。

男は首を傾《かし》げた。

「あっしは知りませんし、仏さんからなにも伺っちゃおりません」

「そうですよね」

お吉は自分の愚かさに気づいて、俯《うつむ》いた。男の応えは当然だ。

ただ、と男はちょっと間を置いてから、いった。

「人は必ず死にます。それがいつかは、本人もわかりません。あんたのおっ母さんもそうだったと思いますよ」

その言葉にお吉は臓腑《ぞうふ》をえぐられるような嫌悪を抱いた。

「なにも知らないくせに知ったようなことをいわないでよ」

お吉は激しくかぶりを振りながら、

「あたしのおっ母さんは自分から死んだの。首を縊ったの。自分で死ぬ日を決めたんです。あたしが寝ているのに、そこで首を縊ったんです。ぶら下がっていたんです。

ねえ、わかった？　首を縊ったのよ」

声を荒らげ、男の襟元を乱暴に引いて揺さぶった。

男は端整な顔を崩すことなく、驚くでもなく、お吉の手首を摑《つか》み、抑揚のない醒《さ》めた声を出した。

「たしかに、あんたのおっ母さんは死ぬ日を決めたかもしれない。けど、死ぬと決めるのは別にいつでもよかった。たまたまそういう思いが強くなったからでしょう」

「そんなの、なんとでもいえる。あたしは、おっ母さんがどうして死んだのかその訳を知りたいのよ」

お吉はさらに強く、襟元を握りしめた。

「それは――おっ母さんに訊いてください」

「死んだのよ。おっ母さんはもういないの。訊けるはずがないでしょう。勝手なことばかりいわないで！」

お吉は男の身体を強く揺さぶる。

なぜ、この男はあたしのされるがままになっているんだろう。どうして、怒ったり放せともいわないのだろう。

「じゃあ、どうやって死ぬ日を決めたのよっ。なぜたまたま昨日の夜だったのよっ。答えなさいよ」

「お吉。なにをしているんだい」

お吉の激しい声が聞こえたのか、差配が慌てて家から出てきた。

「よさないか。その人はとむらい屋さんだよ。お前のおっ母さんが死んだ訳など、知りやしないんだ。仏になったおっ母さんをちゃんと送ってくれたんだ。お礼をいわなきゃいけない」

差配が、お吉の両腕を摑んで、男から無理やり引き剝《は》がした。

お吉は、腕を振り回した。地団駄《じだんだ》踏《ふ》むように、めちゃくちゃに身体を動かした。怒りなのか、悲しみなのか、どっちでもよかった。あたしは、独りになった。身の一部が抉《えぐ》り取られたような、胸にぽかりと穴が空いているような気がした。

あたしは、どうしたらいいの？　もう朝餉《あさげ》を作ってあげる人もいない。夜、帰らないのを不安に感じることもない。だって、おっ母さんはいないから。この世にいないから。

あたしは、なにも考えなくていい。それでいいの？

お吉は恨み言も寂しさも、すべて吐き出したい衝動に駆られた。

「お吉、お吉、やめないか」

差配がお吉に手を伸ばした。

お吉は、その手を振り払う。

「ほっといてよ。おっ母さんが死んだの。あたしは独りぼっちになったの」

誰もいやしない。おっ母さんはあたしをほっぽらかしにしたんだ。あたしを置いていった。独りで逝ってしまった。

お吉は、その場にくずおれた。その途端、堰《せき》を切ったように涙が溢《あふ》れた。

とめどなく涙が流れる。

なんで、なんで、あたしの側で死んだのよ。

洟水《はなみず》や涎《よだれ》が、涙と一緒にぽたぽた落ちる。

なんで――。なんで、おっ母さんは死んだの。お吉は童《わらべ》のように泣きじゃくった。

地面の冷たさも、寒さもなにも感じなかった。

ふと肩先に、優しく指が触れた。

お吉は、一瞬泣くのをやめ、首を回した。

とむらい屋の娘だった。娘は、お吉の背から腕を回した。

「辛いよね」

ひと言だけそういった。お吉は身を捩《ねじ》って、娘にしがみついた。わっと大声を上げ、泣き続けた。


「そら、いいか。踏ん張れよ」

颯太は、腕を伸ばしておちえの手を引いた。

おちえは片手で少しだけ裾《すそ》を開き、えいやと、猪牙舟《ちょきぶね》から桟橋へと飛び移った。

下駄の歯がことりと桟橋の上で音を立てる。

「嬢ちゃん、大事ないかえ」

船頭の六助が煙管を口の端に咥《くわ》えたまま、おちえに声をかけた。

「ええ」

と、応えて、おちえは裾を整える。

「六さん、すまなかったね。こんなに朝早くから」

「なあに、いいってことよ、颯さん。船賃はちゃあんと頂戴してるしよ、弔いは待ったなしだ。気にするこたぁねえよ。いつでもいってくんな」

　六助は、いった。

「で、帰りはどうするよ。ここいらで待っててやっても構わねえが」

　颯太は、そうだなぁと呟きながら、目深に着けた笠の縁を指で押し上げる。まだ冬の陽は昇ったばかりで、ようやく暁闇《あかつきやみ》が光に溶け始めていくところだった。

「半刻（約一時間）ほどで用事は済むと思いますがね。川風も冷てぇし、その間、待っててもらっちゃ、年寄りの六さんには酷だ。それに山谷堀《さんやぼり》からここまで来るのも骨が折れたでしょうし」

　ふん、と六助が顎をしゃくって、煙管を手にとると、

「山谷堀から佐賀町《さがちょう》なんざ、大川の流れに乗りゃ大したことはねえ。じじい扱いするんじゃねえよ」

　帯の間にすっと差し入れた。

「そいつは失礼しました。まあでも、此度《こたび》の亡骸はちょいと訳ありで。番屋へ運ばれるかもしれませんのでね。ともかく行ってみないことにはわからないのですよ」

　颯太は六助に薄く笑いかける。

「そうかい。そんなら、おれぁ戻るとするかね」

六助はそういうと、棹《さお》を摑む。

「じゃあな、とむらい屋の嬢ちゃん」

「はい、ありがとうございました」

おちえが、川岸を離れていく六助に頭を下げた。

「へへへ、いいねえ、朝からべっぴんに見送られるなんてよぉ。いつもは吉原通いのぼんぼんか辛気くせえ男くれえのもんだからなぁ」

辛気くせえをわざわざ強調しながら颯太を見やり、六助は櫓《ろ》を押し始めた。

ったく口の減らねえ爺さんだな、と颯太は苦笑しながらいい、みるみる遠ざかる六助の舟を見ていた。

「あら、いい船頭さんじゃない」

颯太の横に立つおちえがすかさずいった。

「なんだよ、おちえ。べっぴんといわれたのがそんなに嬉しいか」

「そんなんじゃないわよ。気持ちがいい人だっていってるの」

おちえは変に力を込める。

そんなおちえを笠の内から、穏やかに見つめた颯太は、「行くぞ」と、身を翻した。が、おちえは動かない。

栈橋から永代橋《えいたいばし》を見上げていた。永代橋は、大川に架かる五橋のうち、もっとも下流にあり、もっとも海に近い。長さは約百十間《けん》余。江戸で一番長い橋だ。橋幅は三間一尺五寸ある。橋上に立てば、西に富士、南は遠く房総が望める。

「昔、この橋が落ちたなんて信じられないな」

おちえが呟いた。

永代橋が真ん中から崩れたのは、文化四年（一八〇七）のことだ。雨が続き、富岡八幡宮の大祭が順延を余儀なくされた。それもあったのだろうか、待ちに待った祭りだと、各町内が競って花車や練物《ねりもの》を繰り出し、橋上に見物の群衆までが押しかけた。橋がその重みに耐えられず、崩壊した。死者は千五百人にも及んだという大惨事だった。

颯太も顎を上げた。緩やかに弧を描く橋が陸と陸を繋いでいる。橋上を振り売り商いの者たちが足早に渡っていく。

「ほとんどの人が大川に落ちた。引き上げられた者はまだ幸せだ。そのまま海に運ばれて、亡骸が見つからねえ者も大勢いた」

「亡骸が見つからないと諦《あきら》めきれないわよね」

そうだな、と颯太は応える。

「それでも、身につけている物や衣裳が見つかれば弔ってやれる。けどな、祭りに行っていたかどうかもわからねえとなると、な」

「そうか。祭礼に出掛けたかどうかも家の人が知らないこともあるわよね、きっと」

おちえは眉をひそめる。

「待てど暮らせど家に帰って来ねえ。そりゃ、遺《のこ》された家の者はどうしていいかわからなかったろうぜ」

江戸中、弔いだらけだったろう。

「坊主と棺桶屋は儲《もう》かったと聞いたことがあるよ」

「また、そういう嫌な物言いをするんだから」

おちえが、ツンと横を向いた。

「仕方ねえだろう。本当のことだ」

颯太は前を向いたままでいった。

人の命は、あっけないもんだ、と颯太はこの稼業をしていてつくづく思う。昨日まで元気な奴が翌日には冷たい骸《むくろ》になり果てるなどざらだからだ。

突然の病、不慮《ふりょ》の事故。もっといえば、理不尽に人の手によって殺《あや》められることだってある。

それから――自ら命を絶つ。

ただし、人の死は――。

ふと、颯太は襟元に眼を落とした。

「あたしのおっ母さんは死んだの。首を縊ったの。自分で死ぬ日を決めたんです」

そういって、通夜で颯太の襟を摑み、身を揺さぶった娘がいた。

あの娘はどうしているだろうか。母娘ふたりの暮らしだったと聞いていた。確かお吉という名だ。お吉の母親は首を吊る前、颯太のとむらい屋を訪ねて来て、弔い賃を前払いしていった。

さすがに颯太も、その母親が自分の弔いのための銭を置いていったとは、微塵《みじん》も思わなかった。だが、しばらくして、母娘が住む長屋の差配が汗だくでやって来た。

ひらがなで弔いは新鳥越町のとむらい屋に頼んでくれという一文のみ書かれていた

書置《かきお》き（遺言）が見つかったというのだ。

　死ぬ理由も、ひとり遺すことになる娘の行く末にも、まったく触れていなかったと、差配は困惑と憤《いきどお》りをまぜこぜにしていった。

「だいたい、首吊りなんかされちゃ気味悪がって次の借り手はいなくなるし、あたしが家主さんから大目玉を食らう。御番所のお役人だって呼ばなきゃならないんだからね」

　雇われ差配は怒りをあらわにしつつ、苦り切った顔をした。

　長屋の不祥事は、店子の面倒を見ている差配の不始末になる。差配はさらにくどくどと颯太に愚痴をこぼして、やっと店を出た。

　それでも、帰りしな振り向くと、

「それにしても、娘がかわいそうでね。居酒屋の酌婦《しゃくふ》で、いつも生酔いの母親を邪険にせず、食事の支度から掃除から懸命に尽くしていた。あんな孝行娘はなかなかいないよ」

　少しばかり気が咎めたのか、わずかに情があったのか、最後にそれだけいった。

　だが、とむらい屋に居候している坊主の道俊が四十九日の法要に長屋へ赴いたとき、お吉の姿はすでになかった。

道俊が差配を訪ねると、迷惑をかけたからといって、お吉自ら長屋を出て行ったという。いまはどこにいるかはしれない、と素っ気ない態度だった。

「あの口振りからすると、差配や長屋の店子たちと、うまくやっていけなかった感じがしますね。もっとも、あの娘が誰よりも深い傷を負っているはずですから、詮方無《せんかた》いのかもしれませんが」

母と暮らしていた長屋は思い出の場所ではなく、母が死んだ場所になってしまった。いくら周りから同情され親切にされても、たった一間の狭い家に留まることは、耐え難かったに違いない。お吉は自分の居場所を失ったのだ。

「きっと悩んでおられたのでしょう」

と、道俊はお吉の身を案じるように、両手を合わせた。

人の生き死には、四有《しう》という四つの段階に分けられている。生まれた時を『生有《しょうう》』、現世で生き死に至るまでを『本有《ほんう》』、死ぬ瞬間を『死有《しう》』、そして、死んでから、次の生を受けるまでの期間を『中有《ちゅうう》』と呼ぶ。輪廻に基づく考え方であるが、次の生を得るまでの中有は『中陰《ちゅういん》』ともいい、死後四十九日の期間を指す。

死者にとって、中有の期間は死出の旅の途中で、七日ごとに生前の行いを吟味される。四十九日でその吟味が終わり、極楽往生が決まるともいわれている。

遺族はその間、線香を絶やしてはならない。

「中有は中陰ともいいますので、忌明けの四十九日を『満中陰《まんちゅういん》』と呼びます」

ですから、と道俊は形のよい眉をひそめ、

「四十九日は、遺された者にも、亡くなった方にも大事な法要ですから。お経をあげて差し上げられなかったのは心残りです。引っ越した先で営んでいらっしゃればよいのですが」

手にした数珠《じゅず》をじゃらりと鳴らした。

けれど、もう終わった弔いだ。喪主であるお吉の居場所が不明なのだ。わざわざ捜し出す義理もなければ、法要の押し売りもありがた迷惑になるかもしれない。

今日も、人が死んだ。その弔いをしなければならない。次々死がやってくる。その都度、思い出していてはやりきれない。

けれど、人の死は――。

命が消える、生が尽きることにおいて、死は皆同様だ。だが、顔や身体がそれぞれ違うように、その人間の死は、その者だけの死であると、颯太は思っている。

その亡者の家族、その亡者がどう生きてきたか。だからひとりの人間の死はひとつしかない。一律ではないのだ。

しかし、その死が、生きている者をずっと苦しめることもある。心を苛《さいな》み続けることもある。お吉の場合は。

颯太はお吉の姿を振り払うように、大きく息を吐く。寒さで息が白い。

おちえが、首を回した。

「どうしたの？　ため息なんか吐《つ》いて。また韮崎さまに皮肉られるのが嫌なんでしょう？」

「そんなところだな」

颯太は、わずかに口角を上げた。

韮崎宗十郎は、北町奉行所の定町廻り同心だ。多分、今日も出張っているはずだ。事件や事故などで、死人が出たとき、たまたま颯太が居合わせたり、結局、弔いをする羽目になったりすることがある。そうすると、

「とむらい屋は鼻が利きやがる」

などと、皮肉や嫌味を投げつけてくる。

「でも仕方ないわよねぇ。お得意さまからの頼まれ事だもの」

おちえは自分でいってから、あっ、と頓狂《とんきょう》な声を出した。

「とむらい屋のお得意さまって、なんだか妙よね。いつも弔いが出る家みたいで縁起が悪そう」

「縁起が悪いなんてことはねえよ。人は死ぬのが当たり前なんだ。四人家族なら、四つの弔いは遅かれ早かれ出すことになる」

「そうかぁ」

おちえは身を屈めて、笠の中の颯太の顔を覗き見た。

以前、道俊から聞いた話がある。釈尊が、幼い息子を亡くして悲嘆に暮れている母親に向かって、一度も弔いを出したことのない家からケシの実を持ってくるようにいった。母親は、釈尊がその実で息子を生き返らせてくれると思い、懸命に探したが、そんな家はどこにも見当たらなかった。弔いをしたことのない家などないことに気づいた母親は息子の死を受け入れた。

それでもなぁ、身内の死を受け入れるのは容易ではないが――。

颯太はおちえを見返した。

「急ぐぞ。すっかり明るくなっちまった。富岡八幡の門前の料理屋だったな」

「うん。『桔梗』ってところ」

颯太は柔らかくあたりを照らし始めた朝の光をまぶしく感じながら、歩き出した。

三

桔梗はすぐに知れた。門前から一本入った通りにある間口二間のこぢんまりした二階建ての料理屋だ。ただし、店の前に立ったときから、取り巻く気がそこだけ沈んでいることに颯太は気付いた。

目覚めた町はすでに人々が行き交い、おそらくいつもと変わらぬ朝を迎えている。だが、桔梗は、障子戸をぴちりと閉め、暖簾《のれん》も出されていない。すべてを拒絶するかのような雰囲気だった。

死の静謐《せいひつ》さとは違う重苦しさが中から漂ってくる。

たまらねえな、と颯太はぼそりといって、笠の紐を解《ほど》いた。

おちえを連れてきたのは、しくじったかもしれないと心の内で思った。

ここは料理屋とは名ばかりの、春をひさぐ店だ。幼い頃の颯太も同じようなところにいたため、その匂いは身に沁《し》みて知っている。

「颯太さん？」

戸を引くのを躊躇《ちゅうちょ》している颯太を不思議に思ったのか、おちえが声をかけてきた。

「ああ、すまねえ。早いとこ用事を済ませないとな」

戸を引くと、所在なさげに小上がりでひとり座っていた若い男が顔を上げた。韮崎についている小者の一太だ。

間口も狭く、三和土《たたき》も畳にして十畳ほどではあったが、奥には座敷があるようだった。

「また、とむらい屋じゃねえか。なんだっておめえらはそう手回しが早えんだよ」

「そんなことはありませんよ。こちらに伺うよう、森田町の坂野屋八兵衛《さかのやはちべえ》さまより承りましてね」

一太が小さな眼を見開いてぐりぐりさせた。

「さ、坂野屋八兵衛！　あの札差《ふださし》の坂野屋かよ？」

はい、と颯太は頷いた。

「こちらにお勤めだったという、お登勢さんを引き取りに」

ちょ、ちょっと待て、と一太は尻を浮かせた。

「死んだお登勢ってのは、そのなんだ、坂野屋の」

「娘さんですよ。ただし、ご主人のお妾《めかけ》のお子ですが。桔梗の女将さんから知らせを受けたということで」

「いま、旦那を呼んでくるからよ。待ってろよ、こら」

一太は慌てふためきながら、小上がりを下りると奥と店を仕切る桔梗の花を染め抜いた紫の長暖簾を撥《は》ね上げ、飛んで行った。

どたどたと足を踏みならし、「旦那ぁ」と一太が奥へ大声で呼びかけると、間髪容れずに、

「うるせえ」

と、韮崎のだみ声が返ってくる。

やれやれ、と颯太は小上がりに腰を下ろした。おちえもそれに倣《なら》うように、颯太の横に座る。

「おちえ、ここはな」

「わかるわよ。ただの料理屋さんじゃないのでしょう？」

颯太は、そうかと笑みをこぼした。

「でも、坂野屋さんも人の親ってことなのね。ほとんど会っていなかったお妾さんの娘の弔いを出してあげようなんて」

「どうかな。変な噂が立つ前になんとかしたかったんだろうぜ。そうじゃなきゃ、おれたちなんざ寄越さず自分がここに堂々と赴けばいいんだ」

妾の子とはいえ、男に身を売る商売をしている娘など知らぬ存ぜぬでいればいいものをそれができなかっただけ、親らしくはあるか。おそらく、ここの女将がお登勢という娘の素性を調べたか、あるいはお登勢自身が自ら語ったか。

そんなものはどちらでもいいが、ともかく亡骸を坂野屋に運ぶ手立てをつけなけりゃならない。

しばらくすると、長暖簾をゆっくりと分けて韮崎が姿を見せた。

颯太の姿を見るなり渋い顔をして、舌打ちした。

「女将め、死んだお登勢って女が坂野屋の妾腹《めかけばら》だってことを黙っていやがった。おめえのおかげで助かったぜ。死人は口が利けねえからな。このまま無縁仏になるところだった」

骸には優しいな、と韮崎は、案の定皮肉めいた物言いをした。

「そいつはどうも。とむらい屋ですから、死人は大事にいたしますんで」

颯太はちょこんと頭を下げた。

韮崎は、小上がりの前にある、縁台にどかりと腰を落とした。

「それで、坂野屋はなんていってる？　娘の弔いをしてやろうとしてんのか？」

じろりと颯太を睨《ね》めつけてきた。

「もちろんですよ。ただし、世間には知られずに菩提寺《ぼだいじ》でそっとやりたいそうです。それもあって、亡骸をおれたちに運んでもらいたいという希望でしてね」

「店の奉公人にも知られたくねえってか。これまで放っておいて、死んでから情を移すなんざ勝手なもんだぜ」

韮崎は吐き捨てた。

颯太がくすりと笑う。

「なに笑ってんだよ」

「いいじゃありませんか。若気のいたりだったそうですよ。このことを知っているのは、老番頭とご隠居だけ。妾には別れるときに十分な銭も与えた。それで終わったと思っていたのでしょう。弔いたいというものを責め立てることはありませんよ」

つまり、だ、と韮崎が声を落とし、身を乗り出してきた。

「坂野屋は、おれにどうしてほしいんだ？」

ああ、と颯太は掌をかざし、韮崎を制した。

「その前にお登勢さんがどうして亡くなったのか知りたいのですがね」

そう訊ねると、韮崎は「聞いてねえのかよ」と呆《あき》れながら、二階の欄干を突き破って下に落ちたといった。

首の骨が折れていたという。が、それが酔って欄干を破ったのか、誰かに突き飛ばされて落ちたのか、お調べの最中だといった。

おちえが、眉根を寄せた。

「欄干を壊して落ちたなんて、そりゃあ、たいした勢いだ」と、颯太がふっと苦笑する。

「いや、女将の話じゃ、そこだけはなから壊れていたんだとよ。偶然にしても出来過ぎだが」

「それならば、突き落とされるような恨みを抱かれていたとでも？」

さらに颯太が問うと、韮崎は無精髭《ぶしょうひげ》の残る顎を撫《な》でつつ、口許を歪《ゆが》めた。

「若い妓が、お登勢の客を取ったという、そんないざこざがあったらしい」

もともとこの店の古株であったお登勢は、妓たちを牛耳《ぎゅうじ》っていた。だが、半年前に入ってきた娘はまったくお登勢に従わず、その上、新規の客がそっちの娘になびいたとかで、何かといびっていたらしい。

おちえが、首を横に振り、ため息混じりに韮崎へ問い掛けた。

「意地悪され続けて、たまらなくなって、そのお登勢さんを？」

「おう、嬢ちゃんには嫌な話だな。とむらい屋、嬢ちゃんをこんなところに連れてくるんじゃねえよ」

「それはあっしのしくじりです。料理屋と伺っていたもので。おちえには、死化粧を施してもらおうとしたんですがね」

ふうん、と韮崎が得心したようなしないような表情をした。

「では、殺められたかどうか、まだわからないということですか？」

韮崎は顔の前で手を振った。

「お登勢がいびっていた相手はそのとき男と寝ていたんだよ。相方の経師屋の口書きも取れている」

隣で男が眠っているところをそっと這《は》い出して、お登勢を突き落とすのは、あまりに無茶だ。うまくお登勢が現れるとは限らないし、その娘も殺める機会をいつも窺《うかが》っているわけにはいかない。

「だから、お登勢が足をもつれさせてで、これは解決だ」

韮崎の話を聞いて颯太は立ち上がった。

「では、亡骸を運んでもようございますね？」

おっつけ、勝蔵とその弟子である正平が棺桶を運んでくる手筈《てはず》になっている。

そろそろ店を出た頃だろう。

おっと待てよ、と韮崎が慌てたように腰を浮かせ、

「坂野屋からなにか言付かってきたんじゃねえのかえ？」

にやりと笑った。

どうも失念いたしました、と颯太は袖を探って、紙包みを取り出した。

「こいつをお役人に渡して欲しいとのことでした。それから、向後《こうご》、坂野屋のお見廻りもお願いしますとの言伝《ことづて》が」

「そうかい。それじゃ、これは遠慮なくもらっておくぜ。見廻りもきっちりやらせてもらうと伝えてくんな」

韮崎の緩んだ頬を見ながら、

「承知しました」

と、颯太は応えた。

「それと、ここの女将も突つけますね。多分、坂野屋の娘が身を売っていたことを口外しない代わりに、銭をゆすろうとしたんじゃないかと思いますよ。韮崎さまに黙っていたということは」

そうだな、と韮崎はさらに頬を緩ませ、ぱんと腿《もも》を叩いた。

「料理屋とは名ばかりの店だからなぁ。さて、どうするかだな」

小難しげに首をひねって見せたが、韮崎の胸の内は見え見えだ。目溢《めこぼ》しする代わりに、銭を寄越せと暗に匂わせるのだろう。

どちらが、ゆすりたかりだか、わからない。

した。

「ああ、女将の座敷に寝かせてあるよ」

会釈《えしゃく》をして、颯太がその場を離れようとしたとき、長暖簾を分け、若い娘が顔を出
「お役人さま、もう戻ってもよろしいでしょうか？」

か細いがはっきりした声だった。

「お客さんも、仕事に出られないからと」

颯太はその顔を見て、眼を瞠《みは》った。が、颯太の脇をすり抜けたおちえが娘に近づき、

「お吉さんよね？」

そういった。

お吉は戸惑いながら、颯太とおちえに視線を移した。あっと唇から声が洩れた。

「あんたたち、とむらい屋の」

「覚えていてくれたんだ。前に住んでいた長屋を引き払ったのね。おっ母さんの四十
九日に、お坊さんが訪ねたのよ」

余計なこと、とお吉は呟《つぶや》いた。

「おい、とむらい屋、その娘と知り合いかえ？」

韮崎がいった。颯太は振り返って応えた。

「ええ、この人のおっ母さんの弔いを出したんですよ」

はあん、と韮崎は顎をしゃくった。

「おい、娘。もう戻ってもいいぜ。おめえの客もな」

おちえは、はっとした表情でお吉を見た。

ようやくお吉がこの店で何をしているのか気付いたようだった。

「お吉さん、なんで」

お吉はまだ幼さの残る顔に、年増のようなうすら笑いを浮かべた。

「だって、おまんま食べていかなきゃならないもの。あたしは、ずっとおっ母さんの世話だけして暮らしてきたから。どこかに奉公なんか出たことないし。手っ取り早く銭になることをしているだけ」

おちえを突き放すような言い方をした。

「引っ越しだってしなきゃならなかったからさ。あんたに文句をいわれる筋合いはないよ」

ぴしゃりといって、身を翻した。

「ねえ、お吉さん」

「やめな、おちえ」

颯太はお吉を追おうとしたおちえを止めた。

「おめえにはおめえの仕事があるはずだぜ。生者を案じるのもいいが、まずは亡者に気を配んな。勝蔵さんたちが着いちまうぞ」

でも、とおちえは唇を噛み締めた。颯太は懐《ふところ》から包みを取りだした。

「ほらよ、化粧道具だ。お登勢って女の化粧をしてやんな」

颯太はおちえの胸のあたりに包みを押し付けるように渡した。

「韮崎さま、お登勢は見た目にわかるような怪我《けが》をしてねえですか？」

「いったろう、首の骨を折ったんだ。ちいっとばかり首がぐらついていやがるから、棺桶に納める時は気をつけな」

「ありがとうございます」

颯太は韮崎に礼をいうと、まだむすっとしているおちえの肩に触れ、身体をくるりと回した。

「ほら、おめえの仕事だ。行った行った」

と、背をぽんと押して促した。

おちえはしぶしぶ履物を脱いで板の間に上がり、「行ってきます」と、颯太を恨めしそうに見やって長暖簾の奥に歩いて行った。

「なんだよ、とむらい屋。あのお吉って娘、訳ありか？」

韮崎が颯太を窺う。

「なにもありませんよ。ただ、四十九日の法要前に引っ越しちまいましてね。道俊が困ったってだけのことですよ」

「ははあ、法要でまた銭をふんだくられると思ったんじゃねえのか？」

「韮崎さまもご存じでしょう？　うちは四十九日の法要で銭をいただいておりませんよ。四十九日の餅《もち》が必要だといわれれば、餅代は頂戴しますがね」

「道俊の経は弔いのおまけかい？　ま、身ひとつで出来るものなぁ」

韮崎はくくっと含み笑いを洩らした。

「冗談が過ぎますよ。道俊の読経はありがたいものですからね。バチが当たりますよ」

おう、バチでも太鼓でも当ててみろ、と韮崎は下手な洒落《しゃれ》をいって、小鼻を膨ませ、ひとり悦に入る。

そこへ一太が暖簾を上げて、ひょこっと顔を出した。

「旦那、いつまで話しているんですよう。妓たちも女将も、足止め食らってる客も苛《いら》ついておりますぜ」

やれ、と韮崎がゆるゆる立ち上がる。

「お上の御用に文句を垂れてんじゃねえと、怒鳴りつけろ。だいたい、陽も上がらねえうちから呼び出し受けて、こちとら眠くてしょうがねえんだ。女将だけには話がある。他はもう帰れといってやれ」

へい、と一太は踵《きびす》を返す。

そういい終えると、韮崎は鬢《びん》を掻《か》きながら大あくびをした。

颯太は、勝蔵たちを出迎えるために通りに出て、店の裏口に回った。正面の出入り口からは棺桶を運び入れない。

なるたけ、桔梗から死人が出たことは気付かれないようにする。こうした料理屋か、女郎屋かわからないような店が並んでいるところはなおさら気を使う。

すぐに何があったか、噂が広まるからだ。

と、裏口が開いて、お吉が出て来た。

颯太を一瞥《いちべつ》したが、そのまま通り過ぎていく。

「お吉さん。あんた、なんで長屋を出たんだい。うちの坊主が困っていたよ。あんたのおっ母さんが迷っちまうんじゃねえかってな」

お吉がふと足を止めた。

「迷うも迷わないも死んじまったらなんにもありゃしないよ。恨み言ひとついってくるわけじゃない。夢に出てくるわけじゃない。おかげさまで今頃はすっかり土に還《かえ》っているだろうさ」

冷めた口調でお吉はいった。

「それがそうでもねえんだな。あんたのおっ母さんの亡骸はまだすっかり土にはなってねえよ。骨には近いだろうがな」

棺桶の蓋《ふた》が落ちて、桶いっぱいに土が入り込み、徐々に身体がなくなっていくのだ。

「でもよ、おっ母さんの身体はただの容れ物に過ぎないんだ。もうおっ母さんはそこにいねえ」

振り返ったお吉の顔が歪んでいた。

「じゃあ、おっ母さんはどこにいるのよ。教えてよ。あたしの胸ン中なんて、子どもだましのお涙頂戴はやめてよね」

お吉が自分の胸を人差し指でさした。

「あたしね、聞いたのよ、差配さんから。おっ母さんは病だったんだって。これ以上迷惑かけられないから首を縊ったんだろうってさ」

けどさ、とお吉はさらに続けた。

「娘の前で首吊る母親なんてどこにもいないよ。あたしはどれだけ苦しんだか。眼の前にさ、足がぶらんってしてるの。わかる？　あたしに迷惑かけるだって、笑わせるわよ。もう十分、迷惑だったんだから！」

お吉は、下駄を鳴らして駆け出した。

颯太は後を追いかける。お吉は永代橋の架かる通りまで走り抜けた。歩いている者たちが、裾を乱し、がむしゃらに走るお吉を眼をしばたたいて見送る。中には当たりそうになって、横っ飛びに避《よ》ける棒手振《ぼてふ》りもいた。

「あんたのおっ母さんは、うちに弔い賃を払って死んだ。てめえで命を絶つのは感心しねえが、あんたの重荷になりたくなかったんだろうぜ。いっそいさぎいい」

二間ほど先を行く、お吉に向けて、颯太は大声でいった。

「うるさい。親に死なれたあたしの気持ちがわかるもんか！　眼の前で死なれたあたしの気持ちなんかわかるもんか！」

走りながら叫ぶお吉の声が激しく揺れていた。

「長屋にも居辛くなった。当たり前だよ。優しさの陰にあるのは、親に死なれたかわいそうな子ってことだ。みんなみんな、おっ母さんのせいだ。勝手に死んだおっ母さんのせいだ」

「それでも、あんたは忘れてねえ。おっ母さんを忘れられねえだろう」

追いかける颯太が怒鳴った。

お吉がはたと足を止めた。

結い髪はぐずぐずに崩れ、荒い息遣いで肩は大きく上下していた。お吉は両腕をだらりと落として、その場に立ち尽くした。

眼前には永代橋。こちらに来る者、こちらから行く者、大勢が渡っている。

「おっ母さん、三途《さんず》の川渡ったかな」

お吉が放心したように呟いた。

「六文銭は入れておいたから無事だろうな」

颯太が追いつくと、お吉が歯を食いしばって橋の向こうを眺めていた。

「おっ母さんの死に顔はきれいだった。あんたにゃ酷《むご》いが、もう迷惑をかけたくねえってのがおっ母さんの望みでもあったんじゃねえのかな」

「勝手すぎるよ、勝手すぎるよ」と、お吉は、激しく首を横に振った。

「ああ、そうだな。お前のおっ母さんは勝手すぎた。生きていてほしかったんだろう？　もうあんただっておっ母さんの話を聞いてやれる歳だ。けど、そうしてくれなかったのが悔しかったんだろう？　たとえ病で寝たきりになっても、いてほしかったんだろう？」

お吉は形の良い唇を歪めて向き直ると、颯太の羽織の袂《たもと》をぎゅっと握り締め、幾度も頷いた。

「決まってるじゃない。自分のおっ母さんだよ。なんで迷惑だと思ったのかな。患ったってなんだって、いてほしかった。生きてて欲しかった」

その途端、潤んだ眼から涙が耐えきれずとめどなく流れた。

颯太は、そのままお吉を引き寄せた。

お吉は抗いもせずに颯太の胸元に、こつんと頭を預け静かにいった。

「温かいね。ほんとは人って温かいんだよね。あたし、おっ母さんの骸の冷たさしか覚えていないんだ。客を取っても、あの冷たさしか思い出せなかった」

「おっ母さんは冷たくねえ。ちゃんと生きていた時はな」

「馬鹿みたい。そんなの当たり前だよ」

ああ、と何かを思い出したのか、お吉の声が洩れた。

「八幡さまのお祭りで、手をつないだ。あたしがまだ小さいとき。おっ母さんの手は柔らかかった。夏なのに指先が冷えていたのがかわいそうって、あたしが指先を温めた」

おっ母さんは生きてた頃から、冷たかったんだ、とくすくす笑った。

「それが、おっ母さんだったんだ」

お吉は童のように泣きじゃくった。

「今はどこにいるんだ？　うちの坊主があんたのおっ母さんのために経をあげたがっ

ているんだがね」

颯太は、か細い肩を優しく撫でながら、そうお吉に告げた。

第四章　お節介長屋

一

浅草山谷町《あさくささんやちょう》四丁目。九尺二間の長屋の一室は、畳にして六畳分。竈《かまど》と流しが一畳半の土間にあり、居室の部分は四畳半という、裏店《うらだな》ではごく当たり前の広さだ。けれど、棟割りのため、出入り口以外は三方壁に囲まれており、向きによってはまったく陽が当たらないという、ひどい有様だった。

その一棟十軒の長屋が五棟、五十の世帯が暮らす新兵衛長屋《しんべえながや》に越して来てから約半年になる福助《ふくすけ》は、

「頼む。頼むから、静かにしてくれ」

と、継当てだらけの掻巻《かいまき》を頭から被って、寝返りを打った。

朝の長屋は騒々しい。亭主を仕事に送り出した女房たちが井戸端で洗い物をしなが

ら、取り止めもない話を始める。しかも声が高い。

昨夜は隣の閨事《ねやごと》が丸聞こえで亭主が急にその気になっただのという、あけすけで下卑たものから、水が氷のようで手がかじかむだの、振り売りの魚屋がいい男だの、赤ん坊の疳《かん》の虫には奇応丸《きおうがん》がいいだの、差配《さはい》が吝嗇《りんしょく》で困るだの、話題はころころ変わっていく。女同士の会話というのは、ともかく自分が話したいことを話し、人の話など聞いてやしない。相手の言葉に適当な相槌《あいづち》を打って、自分の話を進める。それでも女房たちのおしゃべりは一向に止まらない。

その合間には突然火がついたように赤ん坊が泣き出す。

福助は、取るに足らない話が、毎日毎日よく尽きないものだと感心する一方で、たまには黙っていることが出来ないものかと憤《いきどお》る。

と、童《わらべ》たちの甲高い声が響く。がたがた音がするのは、長屋のどぶ板の上を走っているのだ。ああ、うるさいと、福助は呟《つぶや》いて耳を塞《ふさ》いだ。

なぜ、新兵衛長屋を選んだのだろう。中にはもう少し落ち着いた処《ところ》もあったのかもしれない。ああ、そうだ。ここは世帯数が多いからだ。五十軒あれば、誰がどんな暮らしぶりなのかなど、いちいち気に留めないと思ったのだ。

「三太《さんた》、どこへ行くんだよ」

母親のお定《さだ》が怒鳴る。

「聖天《しょうでん》さんだよ。誰が一番早く上まで上れるか競うんだ」

「ちっちゃい子もいるんだよ、気をつけな！」

「わかってらぁ」

聖天さんとは、待乳山《まっちやま》聖天のことだ。草木の茂ったこんもりした丘の上に建っている。

本殿までは石段を上らねばならない。子どもの足では富士のお山に登るくらいの気分だろう。そして、本殿まで上がると、江戸の町が見渡せる。

福助は若い頃から数年前まで幾度も聖天宮を詣《もう》でた。聖天宮は夫婦和合、商売繁盛のご利益があるからだ。

福助は今年で六十五になる。連れ合いを三年前に亡くして、今はこの長屋でひとり暮らしだ。

ひとりであっても特段、不便さは感じない。表通りに出れば飯屋もあるし、好きな酒も飲める。湯屋も近くにある。気が向けば飯を炊くし、お菜は、振り売りの納豆と、死んだ女房が漬けていた梅干しがまだ甕《かめ》にたっぷりあるので、それで十分だ。唯一の心配は、寄る年波で動けなくなるのと、病くらいだ。

それを実感したのは、つい先日だった。二日ほど雨が続き、ようやく晴れ間が出て来たと、外へ飯を食いに出た。その帰り、酒が入っていたせいもあろうが、ぬかるみに足を取られて、転がった。

歳は取りたくないものだと、手足、衣裳と泥だらけになって家に戻った。

そのとき腰を打ったのか、以来、調子が悪く、空がぐずつくと痛みを感じるようになった。あまり無理はしないことだと思ったものだ。

けれど、本音をいえば、そうしたことも、福助にはどうでもいいことだった。腰が痛かろうがなんだろうが、人は死ぬときは死ぬ。転んだとき打ち所が悪ければ、そのままあの世へ旅立っていたかもしれないのだ。そうであったらよかったのにと、腰をさすりながら思ったものだ。福助は今生《こんじょう》を十分生きたと思っている。若い頃は多少の苦労はしたが、それも今となってはいい思い出だ。飲む打つ買うの三拍子もそこそこやってきた。いつお迎えが来ようとも構わない。どうせ人は生まれたときもひとりなら、死ぬときもひとりなのだ。

このまま、ここを終《つい》の住処《すみか》として、福助は人生の幕を閉じるつもりだった。西陽が差し込み、部屋を茜色《あかね》に染めるこの家は、人生の落陽に差し掛かった自分にお似合いだと思っている。人の一生は、春夏秋冬の四季のようなもの。幼少期の春、青年期の夏、壮年期の秋、老年期の冬。それでいえば、まさに福助は冬。しかも晩冬だ。四季は巡り、冬の後にはまた春が来る。けれど、人の生は冬までだ。決して春は再び巡っては来ない。

四十年連れ添った女房を看取《みと》ることが出来たのは幸いだった。福助が先に逝ってしまえば、また女房が苦労する。その女房も長患いすることなく、逝った。最期は福助も茫然《ぼうぜん》とするくらい呆気《あっけ》なかった。朝餉《あさげ》を食べ終わった後、急に頭が痛いといい出して、呻《うめ》きながら倒れた。医者を呼んだが、もう間に合わなかった。それから目覚めることなく三日後に息を引き取った。

自分のような男によく長年尽くしてくれたものだと感心もし、感謝もしている。どうせなら生きている内に、そうした言葉を一度でも掛けてやればよかった。ひとりになってようやく、女房のありがたみが身に沁《し》みる。勝手なものだ。

弔いは質素にというのが生前女房の望みだった。死んだ者に銭を使うことはないと、常々いっていた。早桶に詰めて、埋めてくれればいい。扱いがぞんざいだからと、恨んで化けて出たりはしない。そんな暇があったらさっさとあの世へ行くからと、笑っていっていた。その言葉通り、家の者だけで見送ったが、家業に鑑み、趣向を凝らした弔いにした。

女房の弔いを仕切っていた若い男。色白で端整な顔立ちをしていた。男のくせに紅を引いたように唇が赤かった。野辺送りが済んだとき、その男がなにかをいった。

なんといったのか――よく思い出せない。

近所の寺の鐘が鳴り響く。朝五ツ（午前八時頃）を告げている。

そろそろだ、と福助は亀の子のように身を縮める。井戸端から一人減り二人減りして次第に静かになってきた。

頼むから、ひとりにしてくれ、そっとしてくれ、と搔巻に包《くる》まり、出入り口に背を向ける。

と、下駄《げた》で木蓋《きぶた》を踏む音がして、腰高障子《こしだかしょうじ》が無遠慮に叩かれた。

ひい、と福助は身を固くする。

「おはよう、福助さん。起きてるかい？　今朝はいい天気だよ。洗い物があるならい

 っておくれよ」

今朝の一番乗りは、お定だ。赤ん坊を負ぶっている左官の若い女房だ。洗い物などいいとしょっちゅう断っているのだが、やめる気配はない。実はお定だけではない。買い物はあるか、繕い物はあるか、と長屋の連中が次々と押しかけてくるのだ。

「福助さん、朝餉はまだなんだろう？　ほら、持って来たから、開けておくれ」

今度は、おときが来た。四十を越えた女で、奉公をしくじった倅《せがれ》と水茶屋に勤めている娘がいる。亭主はたしか、下駄職人だ。そのうち表店を出したいという望みはあるらしい。

「ねえ、ちょいと、福助さん」

福助が返答もせずにいると、業を煮やして無理やりガタガタと障子を引きにかかる。安普請《やすぶしん》の長屋の出入り口など、心張り棒をかいていたところで、力任せに押したり引いたり繰り返せばひとたまりもない。

が、不意に静かになった。

留守だと諦めたのかもしれない、と福助は搔巻を少しずらして、首を伸ばした。

わずかにずれた腰高障子の隙間から眼《まなこ》がふたつ、縦に覗《のぞ》いていた。

「ああ、うう」と、福助は唸《うな》った。

「いるんじゃないのさ。まだ寝てたのかい？　ほら開けて」

おときが福助に命じるようにいう。

従う以外、帰ってもらう方法はない。福助は這《は》いながらのろのろと夜具から抜け出た。膝を立てた瞬間腰に痛みが走り、座り込む。手を添えて腰をかばうように立ち上がると、土間にそっと下りる。

心張り棒を外すと、おときのほうから、障子を開け放った。

「まったくもう。いつまでも寝てたら駄目だよ、福助さん。もう飯は炊かないんだろう？　はい、これ朝餉だよ」

福助は盆を無理やり渡された。その上には、まだ温かい白飯と漬物、しじみの味噌汁に、小ぶりだが鯵《あじ》の塩焼きが載っていた。朝からなかなか豪勢だと思った。その様子を見て取ったおときがすかさず、

「そうなのよ、今朝は鯵を安く買えてね。その代わり夜も鯵だけどね」

そういって、からから笑う。井戸端で一番大声を上げているのがおときだが、一刻（約二時間）近くしゃべっても、その声は衰えを知らず、福助の耳に破《わ》れ鐘のように

響く。

「お、福助さん、腰の具合はどうだえ?」

通りすがりに声をかけていったのは、茶飯売りの次郎兵衛《じろべえ》だ。茶飯売りは夜の生業《なりわい》だ。町木戸が閉まる夜四ツ(午後十時頃)前に長屋を出る。宿直《とのい》の侍や中間《ちゅうげん》相手の商売だ。

御膳籠《ごぜんかご》と呼ばれる四角い深めの籠を提《さ》げ、茶飯以外にも餡《あん》かけ豆腐、けんちん汁を売っている。梅も桃も咲き、春の陽気になってはきたものの、それでも夜はぐっと冷え込むことがある。そうした時には蕎麦などの温かい食べ物はありがたいものだ。

福助は、ごくごく若い頃、ある大名屋敷の中間部屋にいたことを思い出す。

「よう、朝飯食ったら、将棋《しょうぎ》でも指さねえか」

「いや、遠慮しておくよ」

そう応えると、腰ぃ大ぇ事《でえじ》にしなよと、厠《かわや》の方に去って行く。なぜあいつが私の腰のことを知っているんだ、と福助は訝《いぶか》りつつ、おときにいった。

「代金はいかほどかね」

は? とおときが眼を見開いた。

「なにいってるんだよぉ。お代なんかいらないよ。福助さんの腰が辛そうだから、みんなでこれから、持ち回りで持ってこようって決めたんだ。心配しなくていいからね」

「いや、そんなことされては困る。飯ならなんとかなる」

いつそんなことを決めたのだ。井戸端話の最中か。狼狽《ろうばい》しつつ福助がいう。

「ただね、昼餉は無理だから、そこは勘弁しておくれ。今日の夕餉はお辰《たつ》さんが用意するって決めてあるからね」

と、身を返した。福助のいったことなどまるで聞いていなかった。

「おいおい」

「あ、食べ終えたら、外に出しておいておくれ。勝手に片付けるから」

首を回してそれだけいうと、向かいの棟の自分の家にさっさと戻っていった。

盆の上を眺めていたが、ここ数日は、あまり食う気がしなかった。以前は、深川の平清《ひらせい》、王子《おうじ》の海老屋、木母寺《もくぼじ》の武蔵屋、日本橋の百川《ももかわ》などなど、誰もが羨《うらや》む料理屋で贅《ぜい》を尽くし、舌鼓を打った。けれど、この長屋に来てからは、食べる欲を失っている気がした。それこそ納豆に梅干しで十分なのだ。だが、せっかく持って来てくれたものだ、食わねばならないな、と福助は障子を閉めた。

二

「それでは、お身内の方から」

颯太が厳《おごそ》かにいうと、まず亡くなった主人の妻、惣領《そうりょう》息子、嫁、孫などが、墓穴に降ろした棺《ひつぎ》に土をかけていく。嫁《か》した娘や、兄弟、親戚に続いて、知人や近所の者が行う。玄人《くろうと》ふうの、大年増が土とともに花を墓穴へ投げ入れたとき、妻と惣領息子が不快な表情を見せた。最後は、六尺と呼ばれる穴掘り役が仕上げ、土饅頭《どまんじゅう》を作る。

「さ、ここに供えてあげてくださいね」

おちえは、孫の背に優しく触れる。十歳の男児で、祖父が目に入れても痛くないと公言していたほど溺愛《できあい》していたらしい。その男児が霊膳《れいぜん》持ちを務めた。霊膳持ちとは、野辺送りの際、死者を納めた棺桶の前を枕団子と枕飯を載せた盆を持って歩く者をいう。

葬列は、大松明《おおたいまつ》を先頭にして、高張提灯《たかはりぢょうちん》、花籠、竜頭《たつがしら》、幡《はた》などの葬具が順に並び、それ以降が、香炉や霊膳、位牌《いはい》、そして棺を載せた輿《こし》となる。棺を載せた輿に長い白い布を結びつけることもある。それは善の綱、あるいは縁の綱と呼び、縁者や女性、子どもが引く。

仏法と縁を結ぶ、結縁《けちえん》のためといわれる。むろん、これ以上の葬列を作ることもある。造花や五色幡、灯籠《とうろう》などを加えるのだ。が、颯太はこれらをさほど気にしてはいない。

葬送の決まり通りに出来ない者たちも大勢いるのだ。それこそ、火事で身体が炭になるまで焼け焦げて誰にも見つからず、そのまま土になってしまうことだってある。

立派な葬列だから、質素な葬列だからで、神仏が死者の成仏を決めるわけではない。信心が深ければ極楽浄土とやらに往生できるなら、皆坊主になっているだろう。あるいは古《いにしえ》の為政者のごとく寺を建てればいいことだ。

野辺送りは、生者が死者を送るためのものだ。そして、この行列は、常世《とこよ》と現世の間を行き来している。

颯太は、霊膳を持つ男児を見つめた。少しばかり戸惑っているのか、それとも死を目の当たりにした畏《おそ》れか。男児は、惣領息子を振り返る。苦々しい顔つきをして、早くしろとばかりに手を振った。

「ここでいいの？」

男児はすがるようにおちえを見上げた。おちえは、男児の隣にしゃがみ込むと、

「そうよ」と笑顔を向ける。こういうとき、おちえに任せれば間違いない。人の気持ちを和らげ、安心させる。

おちえに促され、男児が神妙な顔つきで、土饅頭の側に置いた。

「これはね、旅立ったお祖父《じい》さまのお弁当になるのよ」

「祖父ちゃんのお弁当？」

男児はおちえの顔を覗き見て、小さな口を開けて訊ねた。その瞳は潤《うる》んでいる。普通に声を出したら、きっと涙が溢《あふ》れてしまうのだろう。

うん、とおちえは頷《うなず》いた。

「遠い遠い道を行くから、途中でお腹が空くでしょう。だからよ」

この死者の弁当は、獣や鳥に早く食べられると、成仏ができるといわれている。

「美味しく食べてね」

男児は、そういいながら両手を合わせて拝んだ。

とむらい屋の面々は、葬式を終えて新鳥越町《しんとりごえちょう》の店に戻った。寛次郎と正平は、荷車に載せた葬具を店の中に運び入れている。

「お帰りなさい。お疲れでしょう」

道俊が皆を迎える。今日の弔いもそこそこの商家であったため、喪家の菩提寺《ぼだいじ》の坊主が経を上げた。道俊の出番はなかった。

おちえは、店座敷に上がるなり、倒れ込むように寝転んだ。

「おいおい、色気も何もあったもんじゃねえな」

颯太が呆《あき》れた口調でいう。

「いいじゃないの。疲れたんだから」

おちえはごろりと横になって肘枕《ひじまくら》をついた。

勝蔵が「おちえちゃん、裾《すそ》が乱れているぜ」とぼそりといった。

あら大変、と慌てて開いた裾を直す。

「さ、皆さん、お疲れでしょう。お茶でも飲みましょうか」

道俊が立ち上がる。

「わあ、道俊さん、ありがとう。あのね、お饅頭もあるはずよ」

はいはい、承知いたしました、と道俊は苦笑しながら、奥へと入って行った。

「お前なぁ、道俊を顎で使うんじゃねえよ。手伝いくらいしねえのか。とりあえずは女だろうが」

颯太の物言いに、おちえがいきなり起き上がる。

「とりあえずってなによ、颯太さん。あたしだって、昨日の通夜からずっと弔いのお世話をしていたんだから。あーあ、女ってなんだか損よね」

おちえは颯太をちらりと窺《うかが》い、いい放った。

颯太がふっと笑みを浮かべ、

「そうだな。女は損だ」

さらりといってのけて、店座敷に腰を下ろした。勝蔵が煙草《たばこ》を服《の》みながら苦い顔をする。

「なによ、それ。そんなにいい切らなくてもいいでしょう」

おちえが唇を尖《とが》らせた。勝蔵が案の定という顔をして、颯太へ眼を向ける。これ以上焚《た》きつけるな、という合図だ。

「いやいや、おちえちゃん、女人は生き物としてまことに罪深く、無間地獄《むけんじごく》に堕《お》ちるといわれています」

道俊がそう話しながら茶碗と饅頭を盆に載せ、店座敷に戻ってきた。勝蔵と颯太は揃って、やれやれと首を横に振る。果たしておちえが早速、嚙《か》みついた。

「道俊さんまでそんなことというの。わかっているわよ。月の物とか赤子を産むとか、血で汚れるからいけないんでしょ。でも無間地獄って酷《ひど》すぎない？　あそこは親殺しとか、お坊さんを手にかけるとか、大罪人が堕ちる地獄でしょ」

そういって睨《ね》めつけるも、道俊は意にも介さず、すんなりとした細く白い指で、茶葉を急須に入れ、火鉢の上にある鉄瓶を手にした。湯を注ぐと、茶の香りが立つ。

「血の池地獄に堕ちるともいわれているぜ」

颯太が、茶碗を手にした。

おちえは、なにそれ、と眼をぐりぐりさせた。

「女がみんな堕ちるんだったら、血の池地獄は、まるで松の湯の湯船みたいに大混雑ね」

勝蔵が吹き出し、道俊はため息を吐《つ》き、颯太はくくっと含み笑いを洩《も》らす。

「いただきます」

おちえはぷんぷんしながら、茶碗を口に運ぶ。ひと口飲んで、首を傾《かし》げた。

「このお番茶、出がらしみたいな味がする。ねえ、うちの店の茶葉じゃないわよね。これは随分と安い茶葉ね」

知ったような口をおちえが叩く。

「ああ、弔いの引出物ですからね。美味しいと後を引きます」

「不幸が続かないようにってことでしょ、知ってるわよ」

と、おちえは茶を啜《すす》り、饅頭も手に取った。が、急にはっとして道俊を見る。

「そうだ、道俊さん、答えてよ。女はどうして罪深いの？」

颯太と勝蔵が、まだ続けるのかと、面倒くさげに顔を見合わせた。

「はいはい、わかりました」

では、と道俊が茶を啜って、口を湿らせてから話を始めた。

「女人が罪深いというのは、おちえちゃんのいう血の汚れをまとっているというのはもちろんいわれておりますが、五障《ごしょう》の雲、つまり現世での欲が深すぎて、梵天《ぼんてん》さまや帝釈天《たいしゃくてん》さまなど五柱の仏にはなれないとされているのです」

「現世での欲ってなに？」

欺瞞《ぎまん》や嫉妬《しっと》、猜疑心《さいぎしん》、物欲や子を欲する心など色々あります、と道俊は応える。要は、現世での欲に執着し、俗事に身を委《ゆだ》ね、離れることがないのが女人だというのだ。

「はあ、得心がいかないなぁ」と、おちえは首を傾げ、饅頭で頬をふくらませた。

「男の人だって、欲にまみれている人は大勢いるのに。でも、考えてみると、幽霊は男の人より女の人が多いわよね。それはやっぱり執念深いからかしら」

口を動かしながら、おちえは話す。

「まあ、穢《けが》れがどうの、執念深いがどうのという前に、お前はまず行儀を直したほうがいいぞ。道俊がありがたい話をしてくれたんだからな」

おちえは饅頭を無理やり飲み込むと、颯太に向けて舌を出した。

颯太は呆れて、ため息を吐く。

「颯太さん、片付け終わりました」

寛次郎と正平が、手拭いで額の汗をぬぐいながら、店座敷に上がる。

「ご苦労さん。茶と饅頭で休んでくれ」

と、寛次郎が嬉しそうに饅頭を取りながら、

「今日の弔いは、野辺送りは立派でしたけれど、皆、あまり仲がよさそうじゃなかったですね」

颯太が感心して、「ふうん、どこを見てそう思った？」と寛次郎に訊ねる。

「どことといわれても難しいなぁ。よそよそしいというか。亡くなったご主人に対して、気持ちがないような他人事《ひとごと》のような。涙ぐんでいたのもあの霊膳持ちを務めたお孫さんだけですよ。まあ、お店の奉公人の中には泣いていた人もいましたが」

あっ、とおちえも身を乗り出した。

「大年増の小粋な女性がいたでしょ。あの人が土と一緒にお花を投げ入れたとき、周りの気が張り詰めた感じがした」

「てえしたもんだな、ふたりとも。大当たりだ。あの大年増は主人の囲い者。孫といっていたのは、主人と囲い者との間に出来た子だ。四十の恥かきっ子どころじゃねえ、還暦の溺愛っ子だよ。もう十年、妾《めかけ》の家から店に通っていたというから、さすがに息子も愛想が尽きたんだろうぜ」

颯太は饅頭を齧《かじ》る。

その主人が死んだのは、妾と子どもが出掛けていたときだった。庭木の陰に倒れていたのだという。妾は主人がいないことを気にかけなかった。きっと用事があって自分の店に戻ったのだろうと思っていたらしい。ところが二日経っても戻らない。

「それでようやく庭に倒れていたのを見つけたというわけさ。なんの病だったのかわからねえが、苦悶《くもん》の表情だったらしいや」

「じゃあ、誰にも看取られず」

おちえの問いに、そういうことだ、と颯太が答えると、道俊が手を合わせた。

「お内儀さんは、本音じゃお店から弔いを出したくはなかったんだよ。妾のところで弔いをしろと亡骸《なきがら》も持ってくるなといったらしい。でも同業や親戚の手前があると、息子に説得されて、そうせざるを得なかった。だから、うちに頼んできたんだ。自分たちは何もしないで済む。ただおれたちに従っていればいいだけだからな」

「じゃあ、颯太さんと勝蔵さんで出掛けたのは」

「妾の家で亡骸を早桶に納めて、店まで運んだんだ。口外無用ってことで、お内儀さんは、ぽんと十両寄越したよ」

妾の家で誰に気づかれることなく死に、その亡骸は自分の家に戻ることも拒まれた。好き勝手に暮らしてきた結果の死だ。本人に思い残すことはなかったろう。どこでどう死を迎えるか、本人だってわからない。どのみち、死は誰も避けられないのだ。

「なんだか、寂しい話ね」

おちえがしんみりと呟いた。

「おう、とむらい屋が通夜みたいに静かだな。勝蔵さん、龕師《がんし》もたまには休みをとるのかい？」

張りのある声とともに医師の巧重三郎が顔を見せた。

「重三郎さん、いらっしゃい。金儲けの帰りですか？」

颯太が訊ねると、馬鹿いうな、往診といえと手に提げた薬籠《やくろう》を上がり框《がまち》に置き、店座敷に上がり込んできた。

「じつは、相談があって来た」

「相談って、弔いのですか？　前にもいいましたがね、お医者が弔いの仲立ちをすると、ろくな噂になりませんよ」

重三郎は、苦虫を嚙みつぶしたような表情で、

「颯さんも知ってるだろう？　山谷の新兵衛長屋だ」

「ああ、あそこは、まあお得意さんというと語弊がありますが、葬具の貸し出しはし

よっちゅうしておりますよ」

差配もそういっていた、と重三郎がいいつつ、後を続けた。

「そこにな、三桝屋《みますや》の隠居がいる。昨日、往診に行った」

「三桝屋って、新川にある酒問屋ですか？　あんな大店《おおだな》の隠居がなんで山谷の裏店にいるんです？」

寛次郎が、思わず声を張り上げた。

「さあな、おれも詳しいことは聞いていない。が、その隠居の具合が悪いというので出掛けていったのだが」

重三郎が武張った顔を歪《ゆが》めた。

また今日の弔いのような話だろうか、と颯太は思った。三桝屋といえば、今の隠居が一代で築き上げた店だ。跡を継いだ二代目も真面目な実直者で堅実な商いをしている。

悠々自適な隠居暮らしかと思いきや、新鳥越町と目と鼻の先の山谷の裏店にいたとは驚きだ。

「まさかとは思いますが、その隠居には、妾はいますか？」

「九尺二間の長屋にか？　いくら隠居が吝嗇《けち》でも裏店暮らしはしないだろう。差配の話だと女っ気はまるでないってことだ。女どころか、訪ねて来る者もいない」

「そうですか。ああ、重三郎さん、あの方は吝嗇じゃねえですよ。三年前にお内儀を亡くしておりますが、結構な弔いでした」

勝蔵と道俊は頷いたが、他の者たちは「え？」と、颯太へ眼を向けた。代わりに道俊が口を開いた。

「大往生した方の喪家はむろん悲しみはあるのですが、天寿をまっとうした故人の長寿を祝う、讃えるというような思いがあります。花籠にはそうしたとき、小銭を入れて、撒《ま》きながら歩きます。長寿にあやかる、皆に分け与えるという思いからです。三桝屋さんのお内儀さんはご長寿ではありませんでしたが、皆さんへの感謝を込めて、葬列の途中途中で樽《たる》を開け、振る舞い酒をしたのですよ」

「たいしたものね。三桝屋さんの評判は益々《ますます》上がるわよね」

おちえが感心しながらいった。

勝蔵が、くすくすと笑った。

「新川の酒問屋としてなにができるかと、喪家から相談を受けたんだよ。颯太さんがい出したことさ」

「そうなの」と、おちえが眼を見開いた。

「ただの思いつきだよ。質素でも賑《にぎ》やかな葬列にしたいといったからな。新川は下り酒が集まり、酒問屋が並ぶ、まさしく酒の町。ここで自分も内儀も世話になった。その恩返しができるならと二つ返事だったからなぁ。だから隠居は吝嗇じゃねえんですよ」

なるほど、なかなか豪気な男なのだな、と重三郎は得心するように幾度も頷いた。

「そんな隠居がどうして裏店にいるのかは聞いてますか？」

そう訊ねた颯太に、重三郎自身も首を傾げながらいった。

「そこまでは聞いておらん。が、いきなりその隠居がな、自分が死んだら一番安い早桶に納め、通夜もなし。埋葬の前に坊主に経を上げてもらいたいが、長すぎるから途中までいいといい出した」

「途中までといわれましてもねぇ」

道俊が困惑気味にいう。

「さらに御斎《おとき》も、初七日、新盆、一周忌もやることはないとな。どう思う、颯さん」

「つまり、そうした弔いがお望みだということですね。けれど、難しいのじゃありませんかね」

「難しいとは？」

重三郎が訊ねる。

「なぜ、おひとりで長屋暮らしをしているかはわかりませんが、三桝屋の看板があります。隠居の望みであっても、二代目が許さないでしょうね」

道俊がそういいながら重三郎の前に茶を置いた。うーんと、重三郎が腕を組む。

わかりましたと、颯太が腰を上げた。

重三郎が、颯太へ眼を向ける。

「その隠居の家に連れていってください。書置き（遺言）をしたためていただきましょう」

三

福助は、もう三日、飯が食えずにいた。その間、長屋の者たちが次々に訪れては世話を焼いていく。熱はあるか、粥《かゆ》なら食えるか、豆腐はどうだ、とうるさいことこの上ない。

昨日は医者まで呼んでくれた。往診代など払わないと突っぱねると、武張った顔つきをしたその医者は、「もう長屋の連中からいただいた」といった。

なんなんだ。よってたかって、人をなんだと思っているのだ。私は奴らにしてみれば、赤の他人ではないか。半年前にやって来ただけの新参者ではないか。

この半年の間、将棋を幾度指したことか、湯屋には男どもと幾度通ったことか。けれど、皆、福助のことは訊ねてこなかった。訊かれたところで、話すつもりもなかったが。

今朝など、福助の家から物音がまったくしないからと、隣の弥太郎《やたろう》という子どもが顔を見せた。様子を見てこいと親にいわれたのだという。福助が変わりないと答えると、「よかった、元気になったら聖天さまに連れていっておくれ」といって戻っていった。が、すぐに、

「隣のじいちゃん、変わりないってさ」

と、弥太郎の声が聞こえてきた。

「ああ、そんならよかった」

母親のお千代《ちよ》が応えた。薄っぺらな壁では、どんな話も筒抜けだ。お千代は、蕎麦屋で働いている。亭主に逃げられたといっていた。

障子を開けようものなら、「厠かい？」と声を掛けてくる。井戸端で顔を洗おうと手拭いを持って出ると、「そんならいっておくれ」と、お定が桶に水を張って持って来た。

やめてくれと、幾度口から出かかったかしれない。

自分のことは、放っておいてくれと叫びたい気分だった。どうせ、人は死ぬのだ。ひとりで死にたい。ひっそりと誰に知られることなく、死にたい。

医者は、福助の下っ腹と腰を指で押して、小難しい顔をした。

そして、「転んで打ったのか。骨も大丈夫だ。ただの打ち身だ」といって腰に膏薬《こうやく》を貼り、痛み止めの煎《せん》じ薬をおいていったが、どうせ気休めだろう。

だから、医者に自分の弔いのことを話した。

「馬鹿をいいなさんな。今から弔いの心配などせぬともよい」

と、叱りつけるように低い声で返してきたが、福助は信じなかった。

だいたい、腰の痛みがまったく引かない。背も幾分痛み、時々息も苦しくなる。立ち上がるのも辛い。重い病に違いない。きっと私はもうすぐ死ぬのだ。ありがたいことだ。もう十分生きた。銭も得た。思い残すことはなにもない。

この長屋を選んだのも、世帯の数が多いからだ。年寄りなど誰も気に留めないと思ったのだ。小さな長屋では、すぐに顔も知れる、名も知れる。それを避けたかった。

福助が眠りに落ちようとしたとき、障子が叩かれた。

「福助さん、薬は服《の》んだかえ？」

お辰がやって来た。福助はやれやれと、起き上がる。

「あれ、今日は顔色がいいじゃないか。ほらこれ、芋を買って来たから、一緒に食べようよ」

「いや、食べる気がしないのでな」

お辰は居酒屋の酌婦《しゃくふ》だと聞いていた。別れた亭主との間にできた子がいるが、里に預けているという話だ。早く一緒に暮らすのが望みらしい。

お辰は、福助のいうことを聞いていなかったのか、芋を半分に割ると、器《うつわ》に入れて潰《つぶ》し始めた。

「お芋はむせるからね。お湯を入れて、きんとんみたいに練れば食べやすいよ」

勝手に上がり込んでくると、火鉢の上の鉄瓶を取って、器に少しずつ湯を注ぐ。

「ね、これなら食べられるでしょう？　煎じ薬を服んだ後に食べれば、苦い薬も楽になるから」

そういうと、鉄瓶を下ろし、薬を煎じるための土瓶に置き換える。

「福助さんってさぁ、どこか品があるよね。こんな長屋にいるのはおかしいよ」

お辰が笑みを浮かべた。

福助は、はっとした。お辰は知っているのか。

ああ、差配だ。差配が長屋の連中に話したに違いないと思った。福助が三桝屋の隠居だと知っているのは差配しかいないのだ。

ようやくわかった。この連中が寄ってたかって、世話を焼きに来るのはやっぱり礼金狙いだ。そうに違いない。見返りがなければ、こんなことはしないだろう。

と、長屋の外が急に騒がしくなった。皆、大声を張り上げていた。お辰が「なにかしら？」と、首を回し、土間に下りようとしたとき、障子が開いた。

昨日、来た医者だ。その後ろに控えていた男がするりと前に出てきた――端整な顔に、赤い唇。福助は確かに見覚えのある男の姿に絶句した。

「これは、ご隠居。お久しぶりでございます。もっとも、あっしらとはあまり会わない方がよろしいですが」

颯太が、そういってふっと口角を上げる。

「ちょっと、なんで福助さんの処にとむらい屋が来るのよ」

「福助さんはぴんぴんしてるぜ。お医者の先生、なにしてくれてんだ」

おときと次郎兵衛が横から食ってかかる。

わあわあと他の者まで、家から出て来ると、たちまち福助の家の前は長屋の連中でいっぱいになる。皆、重三郎と颯太に文句を垂れている。

「よさないか、これ。鎮《しず》まりなさい」

福助が止めても、皆は収まらなかった。帰れだの、面《つら》が辛気臭いだの、いいたい放題だ。

「いいんだよ、私はね、もうすぐ死ぬんだ」

福助は叫んだ。皆が眼を剝《む》く。

「福助さん、なにいってやがんでぇ、この藪医者《やぶ》。そんな診立《みた》てをしたのか、おい」

おときの亭主が重三郎を睨めつけ、袖を捲《まく》り上げた。

重三郎がむすっと唇を曲げる。

「福助さんのことは皆で面倒見てるんだ。ちっとばかし腰を痛めただけだろうが。とむらい屋、すました顔してねえで、何かいえよ」

もう、いい加減にしてくれ、と福助は怒鳴った。

「親切の押し売りはたくさんだ。お節介もほどほどにしてくれ。お前たちは、どうせ私の礼金が目当てなのだろう？　だから私の世話を焼くのだろう。わかっているんだ。もうここに二度と近寄るな、声をかけるな」

長屋の連中が全員、戸惑ったような表情をして、福助を見る。家の中にいたお辰も眼をしばたたく。

「ず、ずいぶん元気じゃねえか、なあ、みんな。こいつはよかった」

茶飯売りの次郎兵衛が皆に同意を求めるようにいった。そうだそうだ、と誰もが頷く。

「白々しい真似をするな。早くくたばればいいと思っているのだろう。そうしたら、私の店に行き、おれたちが面倒を見たんだと金をせびるんだ。それともなにか。ここに小判が隠してあるとでも思っているのか？　そんな物はありゃしない。残念だったな。甕の中にあるのは、死んだ女房が漬けた梅干しだけだ」

福助はいきなり背筋をぴんと伸ばして膝立ちになり、喉を振り絞るようにいい続けた。

長屋の連中はぽかんと口を開けた。

誰かが、「福助さんって、ただの福助さんよね」と、いった。

颯太は向き直って、長屋の連中を見回し、口を開いた。

「福助さんは、新川の酒問屋、三桝屋さんのご隠居ですよ」

な。え。お。と、わけのわからぬ感嘆が皆から上がる。

「馬鹿いうねえ、三桝屋の隠居がこんな裏店にいるかよ。法螺《ほら》もそこまでいきゃあ、騙《かた》りになるぜ、とむらい屋」

「それなら、ご本人から話していただけばよろしいのでは」

ねえ、三桝屋さん、と颯太は福助を柔らかく見つめる。

福助は荒い息を吐きながら、皆へ視線を向ける。お辰が心配そうな眼をしていた。

「いや、その」と、福助は口中に溜《た》まった唾《つば》を飲み込んだ。

「お前さんがたは、まことに差配から聞かされていないのかね？　私が三桝屋の隠居だと」

一同揃って、深く頷いた。

ああ、と大きく息を洩らして、福助はぺたりと座り込んだ。なぜか腰の痛みが引いていた。

「私は打ち身だといったはずだ。死病を患っているなどと勝手に思い込むな」

重三郎が唇を曲げ、後手に障子を閉じる。住人たちが、なんだなんだと騒ぎ出した。

「お前たちが口を挟むとややこしくなるからだ」と重三郎が一喝した。外がしんと静まる。

「それでは私は」

福助がどこか安堵したようなしないような複雑な顔をした。

「飯が食えなかったのは、通じがなかったせいだろう」

あっと、福助は小さく声を上げた。厠へ行こうとすると、誰かしら出てきて、世話を焼きたがるから、そのうち我慢するようになっていた。そのせいか。

「薬は通じをよくするためだ。ただ、腰のほうは筋を違えているようだったので長くかかると思ったが、今さっき思い切り背を伸ばしたことで、うまく治ってしまったようだ。人の身体は不可思議なものだな、わはは」

医者のくせに無責任な物言いだと、呆れながら颯太は福助に訊ねた。

「なにゆえ、ここでお暮らしになっていたのですか」

福助は、唇を噛み締めて、ぽつりぽつりと話し始めた。

病の母親を置いて、家を出てしまったことを悔やんでいるのだという。

「小さい畑を持って、細々と暮らしていたんですが、私はそんなのが耐えられなくて、飛び出したんですよ。一年後に帰ると寝床で骨になっている母親を見つけました」

自分もひとりで死なねば、そうそのとき思ったと福助はいった。自分の身が次第に衰えて、叫んでも泣きわめいても誰にも届かない。誰にも看取られずに逝くのだという諦《あきら》め、不安と恐怖。母親と同じ思いをすることが、自分に課した贖罪《しょくざい》だと。

「お気持ちはわかりますがね。たしかに、おっ母さんはお気の毒だったと思いますが、人の身ってのは生物《なまもの》なんです。命が尽きれば、腐って骨になる。当たり前のことです」

颯太は突き放すようにいった。

「いいや、お前さんはとむらい屋だから、そんな冷たい言い方ができるんだ。わかっちゃいないよ。私がどんな思いでその骨を拾ったか。どんな思いでおっ母さんが死んだか。私は自分が死ぬことでそれを知らなきゃならないと決めたんだ。だから、ひとりで、たったひとりで死のうと思った。その覚悟をして家を出たんだ」

福助は颯太を睨めつけた。

「それなら野中の一軒家に住めばよかった。ご隠居のおっ母さんのようにね。でもそうはしなかった。だいたい、この長屋じゃ、ひとりで死ねませんよ。お節介な住人がわんさかいる」

颯太が、薄《う》っすらと笑う。

福助は障子の向こうにいる者たちの顔を浮かべた。おとき、お定、お辰、次郎兵衛、弥太郎——他の棟に住む者たち。しかも、皆の境遇も知っている、生業も知っている。

あの井戸端でのかまびすしいおしゃべりが、湯屋での亭主どもの愚痴が、いつの間にか福助の胸底にどんどん溜まっていた。いつの間にか、すっかりこの長屋の住人になっていた。

「私は、やはり怖かったんだろうか。ひとりで死ぬことが」

福助が呟いた。

「人にはいずれ死が訪れます。病の者なら、もっとそれを強く感じましょう。ただ、ご隠居。あっしはこんな生業をしていて思うんですよ。人は、ちゃんと死にゆく姿を見せなきゃいけないってね」

病を得、医者を呼び、加持祈禱《かじきとう》を頼む。長く床に臥《ふ》せることもあろうし、呆気なく逝くこともある。身体も弱り、食事も出来ずに、ついには話も出来なくなる。やがて息を引き取る。ひとりの人間の、臨終へ臨むそうした一連の過程を遺《のこ》される者に見せるべきだと。

「それが悲しみにつながります。その悲しみを乗り越えるのはとても辛い。弔いは、遺された者が死を受け入れるために行われるのですよ。亡者のためではない。ですが死にゆく方にも、悲しみはあります。それでも此岸《しがん》に遺された者が子々孫々と続いていくであろうという希望に満たされるはずです」

福助は俯《うつむ》いていた。

「おっ母さんの骨は、私にその姿を見せてくれたということでしょうかね。自分の死をちゃんと伝えるために」

「そうかもしれません。ご隠居がお戻りになるのを待っていらしたのではないですか。骨を拾えて満足でしたでしょう」

うう、と福助が嗚咽《おえつ》を洩らす。

思い出した。女房の弔いのあと、この男は、「満足のいく別れが出来たか」と訊いてきたのだ。私は頷いていた。

ところで、と颯太は、

「ご隠居のお望み通りの弔いは、あっしらがお引き受けいたしますよ。そのためにも一筆書いて置いていただきたいんですが」

そういって、矢立と紙を取り出した。重三郎が憮然《ぶぜん》として颯太を眺める。

福助が顔を上げた。頬に涙の筋がついている。

「それは、ここでかい？」

「ええ。人はいつ死ぬか見当がつきませんからね。書置きをしておいた方がよろしいかと」

颯太は福助の前に二枚の紙を広げて置いた。

重三郎と颯太は、新兵衛長屋を出た。颯太の懐には、福助の記した書置きの写しが入っている。颯太はぽんと懐を叩いた。

「これで弔いが一件取れましたよ」

「まったく、颯さんらしいな。けどな、福助の死ぬ気は失せたぞ。あの長屋で皆と楽しく余生を過ごすといっておる」

どうですかねぇ、と颯太はいった。

「隠居後は五、六年で逝ってしまうことが多いんですよ。きっと、身を粉にして働いて、跡継ぎに身代を譲り、ほっとするんでしょう。そういう時が危ない」

「おいおい、容赦ないなぁ」

「まことのことですよ。福助さんも、お内儀を亡くし、孫もまもなく元服だといっていましたからね。それこそ思い残すことはない」

「ある程度、役割を終え気が緩んだとき、病などにつけ込まれるのだろうな」

重三郎は得心したように頷く。

「とはいえ福助さんの周りにはお節介がたくさんいますから長生きしそうですが」

それにしても、と颯太は思う。家族に見放される死もあれば、孤独な最期を望んでいても赤の他人に阻まれる死もある。

颯太がふと視線を横に向けたときだ、居酒屋から中年男と娘が出てくるのが眼に入った。娘は濃い化粧をして、男にしなだれかかっている。

颯太は立ち止まった。

「どうした、颯さん」

重三郎が首を傾げ、颯太が見つめる方向へ首を回した。

「あの女子、知り合いか？　まったく昼間から酔っておるのか。男も身持ちの悪そうな奴だな」

ふたりは、右手に通りを曲がった。元吉町へ続く道だ。その先は日本堤へ向かう。

「重三郎さん、申し訳ねえが、ちっとぱかし野暮用を思い出しちまった」

颯太は踵《きびす》を返した。

「店には帰らないのか、すぐそこだぞ」

重三郎へ応えず、颯太は足を速めた。

翌日。

颯太の背後にお吉は寄り添うように立っていた。

福助の家からの帰り道にお吉の姿をみとめ、声を掛けたのだ。今は身を売っていないが、居酒屋勤めを始めたという。新鳥越町からあまり遠くない所に住んでいると、面倒くさげにいった。

「お吉さんだ。前にうちからおっ母さんの弔いを出した」

店座敷にいたおちえが、まず眼を丸くした。

「今日から通いで来てもらうことになった」

ぱっと勝蔵が眼を見開き、道俊は両の手を合わせて頭を下げ、寛次郎と正平は、お吉をぽーっと見つめた。得心のいかない顔をしているのはおちえだけだ。颯太はおちえにいった。

「いつだったかいってたろう。もうひとりいると助かるって」

「そうだっけ」

おちえは、小首を傾げる。

颯太はお吉の背に手を当て、前に出るよう促した。

「吉と申します。この生業のことはとんとわかりませんのでいろいろ教えてくださいまし」

そういって深々と頭を下げた。

「もちろんですよ」

寛次郎が身を乗り出した。すると、おちえがすかさず口を開いた。

「いまの聞いていなかったの？　颯太さんはあたしのためにお吉さんを連れて来てくれたのよ。寛次郎さんのお手伝いじゃないの」

「でも色々覚えていかないと。葬具にはどんなものがあるとか、段取りとか」

寛次郎が不服をあらわにしたが、

「お吉さん、こちらにいらっしゃいな。枕団子の作り方教えるわ。ちょうど今日は四十九日の法要があるの。これから四十九個を作らないといけないの」

それが終わったら、葬具の掃除、片付けをやってもらうから、とおちえはてきぱきと言葉を継いだ。

「おちえ、お吉さんのことよろしくな」

うん、とおちえは明るく返事をして、お吉の名を呼んだ。

おちえが先に立ち、奥の台所へと向かった。

「お吉さんをとむらい屋に迎えたのはなにか訳があるのですか」

道俊が三鈷杵《さんこしょ》を磨きながら、颯太へちらりと視線を向けた。

何を話しているのか早速娘ふたりの笑い声が奥から聞こえてくる。

颯太は店座敷に上がりながら、道俊に笑いかける。

「べつにこれといった訳はねえよ。ただ、若い娘を女郎屋やら居酒屋やらで仕事させておくのはよくねえ。そう思っただけだ」

文机《ふづくえ》の前に座って、積まれた紙を半分に折り始める。香典帳を作るのだ。

「さて、今日は四十九日の法要だけだ。お吉も加わったことだし、皆で飯でも食いにいくか」

三和土にいた耳ざとい正平がすぐに反応した。

「本当ですかい、颯太さん。美味いもん食わせてくださいよぉ。どこに行くんですか。楽しみだなぁ。うなぎがいいなぁ、うなぎ」

調子に乗るんじゃねえよ、あとひとつは作っておくぞ、と勝蔵が釘を刺した。

「勝蔵さんのいう通りだ。いつ何時、死人が出るかわからねえからな」

颯太もいった。

正平は、へいへいと生返事をして、鉋《かんな》をかけ始める。ぐっと腰を入れ、ひと息に引くと紙のような薄い木屑《きくず》が飛んだ。

「やっとそれらしくなったじゃねえか」

勝蔵が褒めると、正平が鼻をうごめかせた。

「颯太さん、いやにほっとなさっていますね」

道俊が笑いを噛《か》み殺すようにいった。

颯太は、おちえがお吉を受け入れるかどうかが心配だった。自分ひとりで出来ると突っぱねるかと思った。だから、なんの相談もせずいきなりお吉を連れて来たのだ。

おちえはお節介が過ぎるところもあるが、生来、世話焼きではある。

杞憂《きゆう》だったかと安心した。

再び、ふたりの声がした。やけに楽しそうだ。

「おちえが、意外に大人だと思ったんだ」

颯太が安堵《あんど》の息を吐くと、

「さてどうですかね。女人は五障、ですからね」

道俊がくつくつ笑いながら、袈裟《けさ》を揺らした。

第五章　たぶらかし

一

鍛冶町《かじちょう》二丁目。表通りに建つ五間《けん》間口の店《たな》の軒先《のきさき》に、白い輪っかの看板が下がっている。

『元ゆひ処』と白く染め抜かれた鮮やかな朱《あか》の大暖簾《おおのれん》が、冷たさの増した風に揺れていた。

店座敷では、十人ほどの奉公人が、それぞれ客の応対をしている。

髪を結うために用いる元結《もっとい》を扱う岩井屋《いわいや》浩助方《こうすけかた》は、髪油や小間物の他に水引飾りや、婚礼に際する結納品《ゆいのうひん》も扱っている。冠婚の品も取り揃えていることから、屋号の岩井屋を洒落て祝い屋という置き看板もあった。

客筋も悪くない。髪結い床屋はむろんのこと、商家や武家の客もいる。

「これはこれは、三原《みはら》さま、おいでなさいませ」

朱の暖簾を撥《は》ね上げた武家をみとめて、浩助は帳場からすぐさま立ち上がった。

「茶菓子の用意をしておくれ」と、手代《てだい》にいいつけると、三和土《たたき》から一段高くなった小上がりの店座敷に腰を下ろした三原に「さあ、どうぞ、こちらへお上がりくださいまし」と、浩助は促《うなが》した。

三原は履物を脱ぐと、店座敷に上がる。三原は、二千石の旗本家の用人だ。

「おいでなさいませ、三原さま。あ、お裾《すそ》が」

と、店座敷にいた歳若い女子《おなご》が素早く近寄ると、袴《はかま》の裾を直し、草履を揃えた。

「おう、気が利くの」

三原は嬉《うれ》しそうにいうと、目尻に皺《しわ》を寄せた。

「おさい、お下がり。あとは私がお相手をするからね」

浩助がいうと、おさいは澄んだ声で返事をして、立ち去ろうとした。そのとき、浩助は「お前はよく気が回るね」とさりげなく告げた。

おさいはわずかに頬《ほお》を赤くして、三原に一礼して離れる。

三原がおさいの後ろ姿を眼で追いながら、座った。

「この度は、若殿さまのご結納おめでとうございます。お相手は上州《じょうしゅう》のお大名家の姫さまと伺っております。これで、御家もご安泰でございますな。寿《ことほ》ぎに相応《ふさわ》しいご結納のお品を取り揃えましてございます」

かしこまった浩助は丁寧に頭を下げた。うむ、と三原が頷《うなず》いた。

「一時はどうなることかと懸念しておったが、ようやくここまで漕《こ》ぎ着けた。これで殿もひと安心だ」

「そうでございましょうとも。あとはお世継ぎさまのお誕生を待つだけでございますな」

浩助の言葉に、三原が苦笑する。

「いくらなんでも、まだ早い」

そういいつつも、三原の顔には安堵《あんど》の色が浮かんでいた。満面の笑みで応対している浩助であったが、心の底では、文句を垂れ流していた。

嫁いで来る大名家の姫は、あばた面《づら》の上、顔中に黒子《ほくろ》が点々としてあまり見目はよくない。気の毒ではあるが、そのせいかなかなか縁談がまとまらなかったという話だ。

実は、三原の仕える旗本家の若殿も落ち着きがなく、癇性《かんしょう》が強い。どんな夫婦《めおと》になるやら、先行きをうれえるが、うちの店にはまったくかかわりない。ともかく、高価な品が売れれば、それでいいのだ。

浩助は商い用の笑みを浮かべた。

「三原さま、別室にご結納の品をご用意してございますので、奥へどうぞ」

「そうか、楽しみだな」

浩助が腰を上げると、三原も立ち上がる。が、ふと三原は店を見回し、

「それにしても、お主の店は面白いな。奉公人に女子が多い。お店者は、国許から連れて来るのが商家のならいではないのか」

と、訊ねてきた。浩助はそこに気づいた三原に驚いた顔をわざと見せる。

「恐れ入ります。番頭と手代数名は三原さまのおっしゃる通り、初代の祖父の出でございます信州《しんしゅう》から参っております。荷を運ぶには男手が必要ですのでね。ですが、客の応対は皆、江戸の女子に奉公させております」

「ほう、それには訳があるのか」

ええ、浩助はもっともらしく頷いた。

「元結は髪結い床屋、水引飾りとご結納の品は商家、お武家さまなどのお客さまが多

ございます。女子の方が客あしらいも柔らかで、気が回りますのでね。それになんといっても、綺麗《きれい》な物が好きでございましょう？　流行り物にも敏感です。在所の者たちでは、そうしたことに疎《うと》うございます。それに比べて、江戸の女子は垢《あか》抜けておりますからね」

「しかし、皆、器量良しなのは、お前の好みもあるのかの？」

「それは、お訊きくださいますな。まあ、向後――」

女子が番頭になるやもしれませんよ、と浩助は笑った。

「ははは、女子の番頭か。それは見てみたいものだな」

浩助は上機嫌な三原を振り返り、「こちらへ」と、奥の座敷へと案内した。

浩助が障子《しょうじ》を開けると、すでに女子が火炉《かろ》の上に鉄瓶を載せ、茶の用意をしていた。

「おいでなさいませ、三原さま。この度はまことにおめでとうございます」

ころころと鈴の鳴るような声を出し、頭を下げた。三原が眼をしばたたき、浩助に身を寄せてくると、

「おいおい、あの女子とは一度も顔を合わせてはおらんぞ。なぜ私のことを知っておるのだ」

浩助の耳許でいった。

「ああ、それは奉公人皆で、三原さまがどんなご容貌《ようぼう》か伝え合っているからでございますよ」

なんと、と三原が今度は眼を見開く。

「それはいささか怖いの。どのように奉公人たちにいわれておるのか」

浩助は、口角をあげ、

「おあみ、どう皆の間で伝わっているか、三原さまのお訊ねだ。お答えしなさい」

おあみは、少しもじもじと腰を動かし、躊躇《ためら》うような仕草をして、三原をちらと窺《うかが》った。三原は、そのおあみの様子に頬を緩《ゆる》ませた。浩助はそれを見てほくそ笑む。

「うむうむ、どうした。正直にいって構わぬぞ」

三原はだらしなく目尻を垂らし、おあみを見つめる。

おあみは恥ずかしげに、三原の視線をそらしながら、口を開いた。

「それでは――申し上げます。三原さまの御髪は艶《つや》やかで、肌は浅黒く、眉は太く、精悍《せいかん》なお顔立ち。ですが目許のお皺が優しいお人柄を表していると」

ほうほうほう、と三原は感心しきりと頷いて、相好《そうごう》を崩した。

「いやはや、たいしたものだ。だが、ほっとしたぞ。用人など勤めておると、様々交渉ごともせねばならぬ。次第に悪相となるのが常であるからな」

「とんでもないことでございます。悪相どころか、むしろご用人さまとしての自信と御家大事の忠義がお顔に出ておられると。悪相という方々は妬心《としん》を抱いているのでございましょう」

三原はおあみへ視線を放つ。その眼はわずかに色を含んでいる。

まったく孫娘ほども歳が違うおあみをあんな眼で見やがって、と浩助は心の内で唾《つば》を吐きかける。

「ああ、お立ちのままで失礼いたしました。気づきませんで。おあみ、茶の支度はもういいのかな」

「はい。点前《てまえ》はおぼつきませんが、三原さま、宇治の玉露でございます。どうぞお召し上がりくださいませ」

「うむ、いただこう」

三原はおあみの前に座ると、茶碗を手に取った。

結納の品は、五十両、八十両、百両の物を用意していたが、すっかりおあみに夢中の三原は、上機嫌のまま、百両の結納の品を買い上げていった。

三原を送り出した後、おさきが黒の元結の束を重そうに抱えて歩いてきた。

「おやおや、おさき。これは大変だね」

「ああ、旦那さま」

「まったくうちの男どもにも困ったものだね。誰も手伝いやしない」

おさきが、いいえと首を横に振る。

「あたしが勝手にしていることです。先日、芝居小屋の役者さんが黒元結で髷《まげ》を結っていたので、求めに来るお客さまがいらっしゃるのではないかと思って」

舞台で役者が身につけているものは、人気のある役者ほど早く流行る。おさきはそれを見越して、店に出しておこうと考えたのだろう。

「さすがおさきだね。いい心掛けだ。こうしておさきがいるからこそ、うちは繁盛しているんだ。今すぐにでもお前を手代にしたいくらいだよ。一、二年したら番頭だ」

「そんな――あたしが番頭だなんて。ご冗談がすぎます」

浩助は、おさきの肩に触れて、まことだよ。古参の喜左衛門《きざえもん》は口うるさいだけの爺いだ、とおさきの耳に息を吹きかけるように囁《ささや》いた。

「それじゃ、頑張っておくれよ」

浩助はおさきから身を離すと、再び座敷に戻り、煎茶《せんちゃ》道具を片付けているおあみに背後から近づいた。おあみが気配に気づいて、浩助を見上げる。

「旦那さま」

「おあみ、よくやってくれたね。やはり、お前がこの岩井屋で一番頼りになるよ。三原も大喜びだった。きっと、これからもここを贔屓《ひいき》にしてくれるに違いない」

「ありがとうございます」

頭を下げるおあみの傍にしゃがみこんだ浩助は、おあみの手を握って、その甲をぽんぽんと叩いた。

「期待しているよ。そのうちお前を手代にしてやろう」

手代？　と驚くおあみの顔を真っ直ぐに見て、甘い声で囁いた。

「やはり、お前の手はとてもきれいだね。今日の茶の淹《い》れ方も美しかったよ。お前に煎茶の点前を教えてまことによかった。お前がこの店を守《も》り立てておくれよ」

旦那さま――と、おあみはわずかに身を引くも、浩助はその手を離さず、自分の手の中でしばらく弄《もてあそ》んだ。おあみは、ぽーっとした顔で浩助のなすがままにされる。

「ではな、おあみ」

浩助が座敷を出ると、内儀のおりょうが番頭の喜左衛門と話をしながら廊下を歩いて来た。

「おりょう、何をしているんだい」

浩助は厳しく声を張って近寄った。喜左衛門が慌てる。

「いえ、旦那さま。三原さまとのご商談中に、神田の千次郎《せんじろう》さまからの遣いが参りまして。注文の品が半分しか届かなかったと」

「ああ、千次郎さんの店かい」と、浩助が口許を歪め、すぐに返答した。

「わかっているだろう。あすこは掛取りも半分しか回収できていないんだよ」

浩助の強い口調に、ええ、まあ、と喜左衛門が首をすくめる。すると、おりょうが浩助の前に出てきた。

「けど、おまえさん。千次郎さんの処《ところ》は初代のお祖父さまからの」

また、それかと、浩助は舌打ちした。その話には飽き飽きしていた。

「ああ、そうだよ。初代が江戸にお店を開いた頃からの付き合いだ。うちがここまでになったのも、あの髪結い床のおかげだ。その恩を感じているからこそ、支払いが滞っても、品はちゃんと納めてやっているじゃないか」

千次郎は、神田にある髪結い床の主人だ。浩助と同じ三代目で、千次郎の祖父が、浩助の祖父が扱っていた元結を気に入り、様々な髪結い床に仲立ちしてくれたのだ。祖父の在所は信州でも紙漉《かみす》きが盛んな処だった。元結は、紙を細《ほそ》く裂《さ》いて捻《ねじ》ったこよりを糊《のり》で固めたものだ。こより作りは下級藩士たちの内職にもなっていた。

岩井屋は、今でこそ間口も広く立派な店になったが、祖父の頃は千次郎の髪結い床屋の一角を借りて商いをしていた。千次郎の祖父に恩義がある。だが、

「千次郎とは幼馴染みとはいえ、商いになれば話は別だ」

そう浩助はきつい口調でいい放った。

「でも注文の半分だけでは足りないと」と、おりょうが小声でいう。

「しつこいね。お前は店のことには口出ししなくていいんだよ。子どもたちや寝たきりのおっ母《か》さんの下《しも》の世話だけしていればいいんだ。なにも店の苦労まで背負うことはないじゃないか。店にはかかわるなといっているだろう」

浩助は顎をわずかに上げ、あからさまに侮りを含んで半眼に自分の女房を見る。お

りょうは、眉根を寄せて浩助から顔をそむけた。浩助はおりょうが嫌がるのを承知でやっている。

在所の伯父から勧められ娶《めと》った女だが、幾年経とうと洒落っ気がない。顔立ちはそこそこ、立ち居振るまいもそこそこ。店に出そうという気はまったく起こらなかった。いつまでも垢抜けないのが浩助を苛立《いらだ》たせる。

「まあ、千次郎には近々会って、酒でも酌み交わしてくるよ。心配するな」

浩助は打って変わって優しい声音を出すと、番頭の喜左衛門を睨《ね》めつけた。

「お前もお前だよ、おりょうに相談する前に私にいってくれりゃいいものを」

「申し訳ございません」

喜左衛門が詫《わ》びると、「さ、店に出るかね」と、廊下を歩き出した浩助が不意に振り返った。

「おめぐは外回りだったね。戻ったら、私から、新規の客のことで話があると伝えておくれ」

「承知しました」

喜左衛門が頭を下げる。

そこへ、おめぐが「旦那さま」と、廊下を小走りにやって来た。

「どうした、そんなに慌てて」と、浩助が訊ねる。

「古希《こき》のお祝いで、鶴亀の水引飾りを百ほどほしいと」

「おや、伝馬町《でんまちょう》の小間物屋さんかえ？　お前が注文を取ったのかい？」

おめぐが頰を紅潮させて、首を縦に振る。

「それはそれは、たいしたものだ。お前に任せてよかったよ。もう立派に商いが出来るじゃないか。なあ、喜左衛門。手代も近いな」

番頭を顧みつつ、浩助はさりげなく、おめぐの肩に手を置く。浩助に褒められたおめぐは、番頭の喜左衛門へ含み笑いを向けた。喜左衛門が拳を握る。

おりょうは冷《さ》めた眼でその様子を眺め、身を翻《ひるがえ》した。

二

曇天《どんてん》の空を急ぐように、鳥の群れが飛んでいく。お店者とおぼしき老齢の者がとむらい屋を、恐る恐る覗《のぞ》き込んできた。勝蔵が早桶に木槌を打ちつけている音に、ひっと首をすくめる。

店座敷にいたおちえが、お吉に目配せした。

「おいでなさいませ。なにか、お手伝いすることがございますか」

お吉が店座敷から下りて、老爺《ろうや》に近寄る。

老爺はお吉を見て、戸惑いながら店の中を見回し、「ここは葬具屋さんですよね」

と、探るように訊ねてきた。

店の戸はいつも開け放っている。蓮華《れんげ》の造花や幡《はた》も表からは丸見えだ。なにより、勝蔵が早桶を作っている姿も見えるし、木槌の音もしじゅう響いている。どこをどう見ても、一膳飯屋には見えないだろう。ええ、とお吉がうっすら笑いかけると、

「ああ、いや、あんたみたいな若い娘がこんな店にいるとは思わなかったもんで」

老爺は強張《こわば》った頬を緩ませる。

こんな店ってなによ、とおちえが呟《つぶや》いた。あたしだって若い娘だけどね、と店座敷の隅でかしこまり、枕団子を丸めながら、ぷんぷんしている。この頃は、お客の応対にはお吉が出ている。早く店に慣れるようにと、おちえがそうさせているのだ。

とはいうものの、客が来れば、だいたい誰かが声を掛ける。確かにお吉が来る前は、

おちえが多かったのは否《いな》めない。だからといって、おちえひとりにやらせていたわけでもない。寛次郎も出れば、勝蔵の弟子である正平も応対する。坊主の道俊は、極力客とは話をしない。葬具屋で坊主がいきなり登場しては、胡散臭《うさんくさ》く思われるからだ。

まあ、颯太の眼から見ると、近頃は、各々がそれとなく自分の役割を承知し始めたのではないかという気がしている。

「実は、その、こちらでは、弔いも仕切っていただけると聞いてきたのですが」

「はい」

お吉が応える。それと、そのう、と老爺がいいよどむ。背を丸め、お吉を上目遣いに窺《うかが》う。帳場から様子を眺めていた颯太は、ああ、こりゃ厄介なものだな、とぴんときた。

若い娘に話せないような、訳ありの死に方をしたのだろう。

「お吉、おれが代わろう。お前はおちえを手伝ってくれ。それと、茶を頼む」

はい、とお吉は返事をして、身を翻す。老爺がほっとした顔をした。

「こちらにどうぞ」

「ありがとう存じます」と、老爺は店座敷に上がると、膝を揃えた。

「あの、こちらではどのような亡骸《なきがら》も扱ってくださるそうで」

声を落とし気味に訊ねてきた。うちも存外、名が知られてきたかと、颯太はほくそ笑む。すると、お医者さまの巧重三郎さまから、と老爺がいった。なるほど、重三郎さんか、とこっそりため息を吐《つ》く。まったく。医者がとむらい屋の仲立ちをしているという噂が立つのはよくないと再三いっているはずだが、と眉根を寄せる。

「ただ、生憎《あいにく》、うちの坊主は旅に出ておりまして、読経が」

道俊はまことに旅に出ていた。行く先も告げずに、十日ほどは迷惑をかけます、と荷を背負って出た。おちえから、行く先を訊かないのは、おかしいと詰め寄られた。が、道俊はあちこちの知り合いの寺を訪ね歩いているので、何処とははっきりいえないのだ。

「いえいえ、それは結構です」

老爺はそういうと、浅草の料理屋で番頭を勤めているといった。しかし、己の名はおろか、店の名も、場所も明かすつもりはないという。ただ、ある処から亡骸を引き取ってきたら、すぐに茶毘《だび》に付してくれと、矢継ぎ早に話した。

颯太は、むっと赤い唇を歪める。

「それは弔いとはいいませんよ。亡骸の始末ということになりますが」

始末！　と番頭の顔が張り詰める。

「妙なことをいいましたかね。弔いは、死人をあの世に送り、残された者には別れをさせる。死者と生者の区別をきっちりつける儀式です。それには棺桶やら読経やらがつきものですが、それをやらないのは、ただの始末ですよ。もっとも、死骸《しがい》はもはやただの抜け殻、命が抜けた容《い》れ物ですから、どのように扱おうと、こちらが構うことではございません。それが喪家のお考えなら」

颯太が見据えると、白髪の頭を振り、老番頭はそんなつもりでは、と小声でいう。

「ですが、いわない尽くしでは、こちらも困りますんでね。どのようなご事情かは根掘り葉掘りいたしませんが、万が一、お上に突つかれたりするとあっしらも」

腕を組んだ颯太が、わざとらしく嘆息した。

すると老番頭はぷるぷると身を震わせ、

「医者が、このとむらい屋なら、なんでもうまくやってくれるから万事安心しろといったんですよ。それなのに、その態度はなんだね。客を馬鹿にしているのかい」

いきなり怒鳴った。見た目は温厚そうだが、その実、短気な性質《たち》のようだ。もっとも相当切羽詰まってもいるのだろうが。老番頭の怒鳴り声に、勝蔵の手が止まり、葬具の埃《ほこり》を払っていた寛次郎も振り向いた。

周囲のただならぬ気配に気づいた老番頭は、「ああ、つい声を荒らげて」と、頭を下げた。

「いやいや、詫びは結構ですよ。死人が出れば誰だって、気が回らなくなる。ましてや急なことならなおさらでしょう。お察しいたします」

颯太は労《いた》わるような声を出した。

「ありがとう存じます。番頭になって二十年、よもやこのようなことがあろうとは思いも寄りませんで」

急に小声になり、手拭いで汗をぬぐう。そこへお吉が、茶を運んできた。老番頭がお吉に会釈《えしゃく》をし、ごくごくと茶を飲み干し、大きく息を吐いた。お吉がその場を離れてから、颯太は老番頭に顔を寄せた。

「もし違っていたら、大変失礼になりますが、お亡くなりになったのは、お店のご主人でしょうか?」

老番頭ががくがくと幾度も首肯して、そうです、と応えた。

「いくつかだけお答えくだされば結構です。ご主人は、おいくつで？」

「六十三になります」

「巧先生は普段からご主人の診立《みた》てをなさっていたのですか？」

「いえ。初めてお会いしたお医者です」

ふむ、と颯太は首を傾げた。

「念のために伺いますが、御番所は出張っておりませんよね」

あ、ええ、それはもちろん、と老番頭が額にどっぷり汗をかいている。となればまことに病死か——。

「承知いたしました。亡骸をお運びいたします。吉原ですか、それとも妾宅《しょうたく》でしょうか」

げっ、と老番頭は思わず尻を浮かした。

颯太はあっさりと口にした。

「それほど驚くことじゃございませんよ。お歳を召した方は房事《ぼうじ》が過ぎますと、命を落とすことがありますのでね。特に、若い女子相手のことが多いのです」

ああ、と老番頭が観念したように惚《ほう》けた顔になり、額の汗を拭う。

「主人は、池之端《いけのはた》におります」

老番頭は出合茶屋の名をいった。上野の不忍池《しのばずのいけ》の池畔《ちはん》は池之端といい、男女の逢引や怪しい相談事などに用いられる出合茶屋と呼ばれる料理屋がいくつも並んでいる。若い女との情事の最中に昇天しちまったってわけだ。

背丈と目方、死んでどのくらい経っているかを颯太が訊ねる。老番頭はきちりと応えた。

「承知しました。あとはあっしらでいたします。お内儀さんに知られたら都合が悪いのでしょうから、その言い訳は番頭さんが考えてください。うちはそこまでかかわりませんのでね」

「はい。それはもちろん」

「それで、お骨はどういたしましょうかね」

「一旦、こちらさまで預かっていただけますでしょうか。それと、髻《もとどり》を必ず切っていただければ」

老番頭はしどろもどろになりながら、噴き出す汗を手拭いで押さえる。

颯太は、その様子を見据えながら、どれだけ引き出してやろうか考えた。癇癪《かんしゃく》持ちの内儀の尻に敷かれた亭主か、あるいは婿養子か。いずれにしても、店の看板に傷をつけたくないのは感じる。

だとしても、こっそり運び出して、さっさと骨にしちまうとは――。

あまりに酷《むご》い。亡骸をなんだと思っていやがるのか。まったく思いきった真似をするものだ。ましてや親の死だ。悼むより、店を守ることで精一杯なのだろう。

「それでは、何卒《なにとぞ》よろしくお願いいたします」

老番頭は深々と頭を下げると、腰を上げた。颯太は、老番頭の背に声を掛けた。

「これは、番頭さんの思いつきで？」

履物に足指を入れた番頭が慌てて振り向き「滅相もない」と、叫んだ。

「若旦那の意向でございます」

「なるほど。承知いたしました。お骨と髻は、いつ引き取りにいらっしゃいますかね」

老番頭が、それは、と口ごもる。

「あの、三日後には、あたしがまた参ります」

颯太は眉間《みけん》に皺を寄せて、考え込んだ。老番頭が不安そうに颯太を見る。

「では、手付けをいただけますかね。まずは五両。番頭さんが引き取りにいらしたとき、残り二十五両」

「合わせて三十両とは、それはあまりに」と、老番頭が声を張る。

颯太は、薄く笑った。

「どれくらいの料理屋さんかは存じませんが、ご主人であれば、それなりの弔いをすることになりましょう。三十両など、安いものですよ。お役人やら岡っ引きやらに見《み》咎《とが》められたら、大事になります。それから火屋の者たちへもそれなりに渡さなけりゃいけませんし、口止め料も入っておりますのでね。しかし――」

颯太は番頭を睨めつけ、

「引き取りにいらっしゃらないときには、お店を探し出し、こちらから必ずお骨をお届けにあがりますよ。若旦那にそのこと、きっちりとお伝えください」

低い声でいった。視線を揺らしながら老番頭は承知したが、手持ちがない、と応えた。

「寛次郎、番頭さんを店の近くまでお送りしろ」

「はい」と、寛次郎が立ち上がった。

「では、番頭さん、参りましょう。手付けをいただいたら、すぐに動きます。うちの主人は仕事が早いですから、ご安心を」

寛次郎は調子よくいって、三和土に下り、番頭を促した。

老番頭は、店の敷居をまたぐ前に再び「何卒、よろしくお願いいたします」と、一礼した。

ふたりが表に出て行ったあと、颯太は厳しい眼を向けた。

「おちえ、お吉、正平。おめえら、聞き耳を立てていたんなら、いわなくてもやることはわかっているな」

「だって、聞こえちゃうんだもん。すぐそこで話しているんだから」

おちえが唇を尖《とが》らせた。

「うるせえ。正平。損料屋《そんりょうや》へ行って長持《ながもち》を借りて来い。おちえは古手屋で裃《かみしも》一式と女物の小袖《こそで》、それとそれなりの商家の女中の衣裳だな。勝蔵さん、おれと正平、寛次郎と一緒に長持を担《かつ》いでくれますかね」

わかりました、と勝蔵が頷く。

「長持は五尺ぐらいでいいですかね」

　正平が訊いてきた。

「だめよ、亡くなったご主人の背丈は五尺三寸だと番頭さんがいっていたでしょ。もう身体が硬くなり始めているから、五尺では収まらないわ」

「ああ、そうか」

　と、正平は鬢《びん》を掻《か》く。

「けど、主人も哀れですねぇ。でも、若い女とやることやって死んだら、それはそれで成仏出来るのかな」

　正平がいうと、お吉がぴくりと肩を動かした。お吉は、少し前まで、春をひさいでいた。

　そのことを知っているのは、お吉の働いていた『桔梗』に出向いた颯太とおちえだけだ。

　勝蔵と正平は早桶を届けに来たが、お吉には会っていない。

　勝蔵が手を伸ばして頭を張り飛ばした。

「痛えな、親方」

「馬鹿をいうんじゃねえ。おちえちゃんとお吉ちゃんがいるんだぞ。品のねえ物言いをするんじゃねえ」

「へいへい、気をつけまさ」

その口だ、と勝蔵が今度は木槌を振り上げる。

「まあまあ、勝蔵さん。正平のいうことは間違っちゃいねえんですから」

じゃあ、よろしく頼む、と颯太が声を張ると、正平が店を出て行った。

すると、あのう、とお吉が遠慮気味に口を開いた。店座敷に、残っているのは颯太とおちえだ。勝蔵は棺桶作りをしている。

「あたしじゃありませんけど、一緒に働いていた姐さんがそういう目に遭いました」

事を済ませて夜具に横になっていたら、いきなり胸をかきむしり、死んでしまったという。

「あたしがいたときだけでも、ふたりいたかしら」

お吉は、首を傾げた。その口調は颯太も驚くほど淡々としていた。死に鈍感になっているのか。お吉は眼の前で母に死なれた。その耐え難く深く穿《うが》たれた心の虚《うろ》はいまだ埋められてはいないのだろう。

べた。


「そういうときは、どうするんだ？」

颯太が訊ねると、おちえも身を乗り出して、お吉を見つめる。お吉は微笑みを浮かべた。

「出入りのお医者がいるので、すぐに来ていただくんです。ここにお見えになる巧先生のような方ではなくて、葛根湯《かっこんとう》しか出さないような、よぼよぼのお爺さん先生ですけど。そうして亡くなった方は大抵が心の臓や卒中なので、すぐに表に出しちまいます」

「表に出すって、どういうこと？」

おちえが眼をしばたたく。

「夜中まで待って、店にいる男衆が、八幡さまの境内《けいだい》とか、通りの端に置いてくるの。だって、ああした子供屋に来る人たちの素性も住まいもわからないもの」

「置いてくるっていいやあ聞こえはいいが、捨ててくるってことだな」

颯太もさすがに顔をしかめた。

「中には素性の知れている者もいるんじゃねえのかい？」

うぅん、とお吉は首を横に振る。

「あたしがあそこにいたときに死んだふたりはまったくわからなかったから。男衆が両肩で担ぎ上げて、酔っ払いよろしくお店から連れ出すの」

「はあ、死んだ人は浮かばれないわねぇ」と、おちえが気の毒げにいう。

「けれど、お店も困ってしまうもの。そうするしかないのよ」

お吉はいともあっさりといった。

やはりお吉の心を見通すことなど、とてもできやしない。しかし、なぜこんなことをお吉はわざわざ口にしたのだろう。死にまつわる嫌な記憶を少しずつ吐き出したいのかもしれないが。

おちえは色々気遣っているようだが、お吉はそれを黙って聞いているだけだ。

ここに集まった者は、なにかを抱え持っている。それは苦しみであり、胸が張り裂けるほどの悲しみである。だからこそ、生きる辛さと、生かされている意味を問いながら日々を暮らしている。様々な死と向き合いながら――。

ここを己の居場所とするかしないかは、お吉自身が考えればよいことだ。

颯太が、ぱんぱんと手を叩いた。

「じゃ、それぞれ頼むぜ」

「あたしは、どうしたらいいのかしら」

お吉が戸惑いながらいう。

「お吉さんは、あたしと来て。小袖と袢だと結構な荷になるから」

はい、とおちえを見る。

半刻《はんとき》（約一時間）ほどして、寛次郎が戻って来た。思ったよりも早かった。

寛次郎は、懐から紙にくるんだ金を取り出し、颯太に差し出した。

「ご苦労さん。店はどのあたりだった？」

「へえ、吾妻橋《あづまばし》の西詰《にしづめ》で待ち合わせました。番頭は浅草寺《せんそうじ》の広小路《ひろこうじ》へ向かって、二本目の通りを入っていくのを見ました」

ふうん、と颯太は頷いた。並木町《なみきちょう》あたりか、と薄く笑う。

「あれ、皆さんは？」と、寛次郎が店座敷に上がりつついう。

「損料屋と古手屋だよ。ああ、しまったな。借り賃は三十両とは別にしておくんだった」

「颯太さん、そう欲張っちゃいけませんや」

勝蔵が一服つけながらいった。

「欲張っちゃいませんよ、勝蔵さん。弔いは、人の不幸につけ込むような商いではありますがね」

誠心誠意込めているといってもらいたいもんです、と勝蔵へいった。勝蔵は、違えねえ、と口から煙管《キセル》を離し、煙を吐き出した。

三

颯太たちは、夕刻を待って上野へ向かった。長持を大八車に載せ、菰《こも》をかける。

不忍池は蓮の花の季節には見物客が押し寄せる。

今はもう、緑の葉が池水を埋め尽くしているだけだ。池の中心あたりには、弁天堂《べんてんどう》が水面に浮いているように建っている。詣《もう》でる人々がちらほらと見えた。

不忍池の池畔に建つ『福寿《ふくじゅ》』は、さほど大きくはないが、黒塀と鬱蒼《うっそう》とした竹林を擁した茶屋だった。裏口から入り、声を掛ける。すぐさま出て来た茶屋の女将が、わずかに安堵の表情を見せた。

料理屋の主人は死んだ一室にそのまま置かれていた。むろん、相方の女はいない。

「早いところ、運んでいただけますか。もう薄気味悪くて」

女将は妙に落ち着きがなかった。この亡骸だけで、ここまで動揺するものかと颯太は訝《いぶか》る。

「死骸は悪さをいたしませんよ」

颯太は軽口を叩いたが、女将の顔色はすぐれない。まあ、ともかくてきぱきと片付けることだ、と正平と寛次郎に亡骸を長持に納めるよう、命じた。

主人の顔は半眼で、口許が歪んで開いていた。一瞬の苦しみだったのだろうが、それが顔に残ってしまった。死骸は徐々に硬くなるが、顎の硬直は身体の中でも早い。口を開けて死んだときには、布を顎に当て頭の上で結んでやらねば、ぽかっと開けたままになる。目蓋《まぶた》も同じだ。こうした亡骸を見ると、どうもこの世に未練があるように思えて気が塞《ふさ》ぐ。

福寿の奉公人たちにも手伝わせ、長持に亡骸を納めると、その上に派手な小袖をかけて、身を覆う。お吉は女中の出で立ちで、男どもは、袢に着替える。裏口から素早く出て、あとはゆっくりと歩けばいい。嫁入り道具を運んでいるように見える。

幸い上野から火屋のある場所まではさほどの道のりではない。

ここに来る道すがら、勝蔵が火葬を頼んでいる。もちろん、銭をふんだくられた。また三十両からの持ち出しだ。颯太は舌打ちする。

「颯太さん」と、着替えを済ませた寛次郎が顔を引きつらせていた。

「なかなか似合うじゃねえか。なんだよ、何かあったのか」

「今、厠《かわや》へ行ったんですが、表に御番所の連中が」

え？　と颯太は耳を疑った。女将が、御番所に届けたのか。だとすれば、ややこしいことになる。こっちは、店の名も、この主人の名も聞かされていねえ。ただの亡骸泥棒になっちまう。くだらねえ。

颯太は身を翻し、女将を捜しに廊下へと出た。

廊下の角を曲がったとき、仰天した。相手も、ぎょっとした顔をしている。

「てめえ、とむらい屋。もう嗅ぎつけてきやがったのか、早すぎるぜ」

北町奉行所定町廻り同心の韮崎だ。

「これは、どうも妙な処で」

韮崎がふんと鼻を鳴らした。

「お前のことだ。女としけこんでるわけじゃねえだろう？　どこから聞いてきた」

「なんのことで？」

韮崎が首元を十手で叩きながら、じっと見据えてくる。飒太は赤い唇に薄っすら笑みを浮かべながら韮崎の視線を受けとめた。韮崎が口を開く。

「嘘じゃなさそうだな。まあ、丁度いいってのも変だがな、お前の仕事になるやもしれねえから、ちっとこっちへ来い」

なにがなんだかわからぬうちに、飒太は離れに連れて行かれた。

血の匂いがした。

障子を開けると、男が仰向けに倒れている。首元をすっぱり切られ、あたりは血の海だった。畳に敷かれた赤い薄べりが血を吸い、赤黒く変色しかけている。飒太は血の匂いに酔いながら、亡骸に近づいた。上物の衣裳。膳はふたつ。ひとつは半分ほど残っていたが、もう一つの膳は、争ったときに蹴《け》り飛ばされたのだろう、器が散乱している。

なるほど、女将の顔が優れなかったのはこっちのせいだ。

ひとつは房事が過ぎた腎虚か、心の臓。もうひとつは殺しだ。一日にふたつも死人が出れば、茶屋としてはいい迷惑だ。

「どうだい、とむらい屋」

「これをあっしに見せて、どうなさるおつもりで？」

颯太が韮崎を横目で見やる。

「どこの誰かもわからねえんだ。お前なら何か気づくかと思ってよ」

韮崎はにやにやしている。なにを確かめたいのか。己の勘と符合させたいのだろうか。韮崎は一太を手招いた。青い顔をしていたが、韮崎に何か耳打ちされると、座敷を飛んで出て行った。

「申し訳ございませんが、あっしもこちらにはやぼ用で来ておりましてね。今日のところはご勘弁くだせえ。急ぎますんで」

韮崎が、気の毒だが一太を今、探りに行かせたよ、と笑った。

食えねえお人だ。

「代わりに一太がそっちの用事を済ませてやるから、お前はこっちに付き合え。一太は、土左衛門も苦手だが、血も嫌いでな」

それならなぜ、同心の小者になどなったのかと、颯太は呆れつつ、渋々、しゃがんで亡骸をあらためた。

「身元の知れる持ち物はなにもねえよ。傷口を見る限り、小刀って感じだな」

腰を屈めた韮崎がいった。颯太は、首に残る細い線に気づいた。

「こいつは、なんですかね。首を絞められた痕じゃねえですか」

「おれも見たよ。けどこれだけ細い紐《ひも》じゃあ、絞め殺せやしねえ。気を失わせて、首を切ったってとこだな。出合茶屋で密会だ。下手人は女だと思うか？　どうだえ」

颯太は、沈思した。

確かに、小刀なら十分、女でも扱える。しかし、これだけ膳が乱れているとなると、この男は相当暴れたと思われる。それを女ひとりが押さえつけられるか——。後ろから首を絞めても、男の力には敵《かな》わない。それに喉元に紐がかかればもがいた指の痕もつくはずだ。だが、やはり、この細い紐が気にかかる。

颯太は、男の顎を上げ、横を向かせる。ふうん、と首肯した。

「旦那、こいつは首を掻《か》っ切った後に首を絞めてますね」

韮崎が十手で顎を上げた。むう、と呻《うめ》いた。

「後ろから絞め上げれば、斜めに痕がつきます。けど、これはそうじゃない。ぐるりときれいに円を描いてます。それに首の前のほうが、痕の幅が広い。ここで交差させた証《あかし》ですよ」

韮崎は、肩を揺らして笑うと屈めた腰を起こして、障子を開けた。丹精された庭が見える。風がわずかに通って血の匂いを消した。

「まことにお前は亡骸を見るのが得意だな。うちにほしいくれえだぜ」

「遠慮しておきますよ。あっしは、亡骸のいいたいことを代弁しているだけですからね。それは、殺《あや》められた者だけが語りかけてくるわけじゃねえんですよ。病や事故で逝った者たちだって同じでさ。未練や無念が必ずある。満足な死などありはしねえんです」

颯太はいつになく強い口調でいった。

それを生者は気づかないように振る舞う。大往生を遂げた。病に耐え抜き立派だった。苦しみもせず穏やかだった。死んだ者がそう思っているはずがない。死に臨んだ人間が自分の死を必然だと受け取れるだろうか。それは、生きている者が勝手に納得したいからだ。

なんとか、心の動揺を収めたいからだ。

「この細い絞め痕は、針金、あるいは元結――」

颯太は呟いた。と、韮崎が庭に下り、なにかを拾い上げた。手にしていたのは剃刀《かみそり》だった。

奉行所の白洲に、呼び出されたのは、岩井屋の内儀おりょう、番頭の喜左衛門、奉公人のおあみ、おさい、おめぐ、おさきの六人と髪結い床の主人、千次郎だった。その他、町名主が召し出されていた。

皆、粗筵《あらむしろ》の上に神妙な顔をして座っていた。

出合茶屋で殺められたのは岩井屋浩助。店に戻らないことから番屋におりょうから届けが出て、判明したのだ。

皆それぞれに、下手人ではないと当然のことながらいい放った。埒《らち》があかないと見た町奉行、榊原主計頭忠之が裁きの場に姿を見せた。今大岡とも称され、名奉行の誉《ほまれ》も高い。

吟味与力が床几《しょうぎ》に座り、七人を厳しく睨めつける。

榊原が、奉公人の女たちをまず問うた。

「主人、浩助とわりない仲であった者はおるか」

女たち四人は互いに顔を見合わせた。と、おあみが身を乗り出した。

「お奉行さま、正直に申し上げます。旦那とあたしはそうした淫《みだ》らな関係はございません。あたしは旦那さまから頼りにしていると、いわれていましたが」

すると、おさいがはっとした顔をする。

「あたしも、お前に任せておけば安心だといつも褒めていただいておりましたが、旦那さまとの間にはなにもございません。もしもあるとすれば、おめぐさんではないかと思います」

おさいがちらと、横に座るおめぐに眼を向けた。

名指しされたおめぐは、眼を剝《む》いて、おさいを睨めつけた。

「なにをいうのよ。あたしは少し皆より鈍いけれど、いつも頑張っている、やればできると旦那さまから励ましをいただいていただけです」

「あら、出合茶屋によく呼ばれるって、台所勤めの娘たちに自慢していたじゃない。自分がいちばん旦那さまに気に入られているからだと」

榊原が、ふむと唸《うな》って、おめぐに質《ただ》した。

「そのほう、それはまことのことかな?」

榊原の鋭い視線に、ひっと小さく悲鳴を上げたおめぐはがたがたと震え出した。すると、おさきがあらそうだったの？　おめぐさん、と嘲笑《ちょうしょう》を浮かべた。

おめぐは頭をぶるぶると激しく振った。

「嘘です。出合茶屋なんて嘘です。一度だけ、甘味屋へ連れて行ってもらいましたが、出合茶屋なんて行ったこともありません」

「なぜそのような偽りを申したのだ」

榊原は苦虫を嚙み潰《つぶ》したような表情で訊ねた。おめぐはうなだれて、

「――だって、おさきさんが手代になるって聞いて」

上眼遣いにおさきを見やる。驚いたおさきが眼を瞠った。

「あたしが手代になるって誰から聞いたのよ。そりゃあ、確かに旦那さまからそのうち手代にしてやるから頑張れといわれたけれど」

「やっぱりそうだったんだ。おさきさんが手代だなんて」

と、おあみが憎々しげにいって、唇を嚙んだ。おさきが勝ち誇ったようにいった。

「旦那さまは、きっとお前なら、この店を守り立ててくれる、信用しているのはお前だけだと。奉公人としてなにより嬉しい御言葉を常々かけていただいてはおりました。

あたしは甘味屋ではなく、料理屋で食事をしたことはございますが。出合茶屋には誘われたことはございません。お天道様に誓って恥じるようなことはしておりません」

ちょっと待って、とおあみが叫んだ。

「旦那さまが信用しているのは、あたしよ。あたしだけといったのよ。おさきさんじゃない！　あたしよ。あたしだって手代にしてやるといわれたわ」

「なんですって。旦那さまが、頼りにしていたのは、あたしよ」と、おさいが言い返す。

「旦那さまは、やる気のあるお前が一番信頼できるといってた」

おめぐも負けじと言い出した。

「ふざけるんじゃないわよ、でたらめいって」

おさきが怒鳴ると、四人の女子たちは摑み合いを始めた。

髪を摑み、襟を引き合い、腕に爪を立て、頰を叩く。子猿の諍《いさか》いのようにきぃきぃわめく。おりょうはそれを冷たい目で見ている。

「やめんか、やめんか」と、吟味与力と同心が割って入る。が、与力、同心らも引っ搔かれ、髷《まげ》をぐちゃぐちゃに乱された。一旦、収まったものの、皆、ぜいぜいと荒い息を吐き、互いに睨《にら》み合っていた。

「浩助女房、おりょう。これをどう見るな？」

おりょうは、指をつき、榊原に丁寧に頭を下げた。

「お恥ずかしいことでございます」

「なんともな。たぶらかしのうまい亭主であったのだろう」

奉行の言葉を聞き、おあみが声を上げた。

「たぶらかされたのじゃありません。旦那さまは、お内儀さまの気が利かぬので、あたしたちを頼りにされていたのです。あたしには、手代になってくれと、その先は番頭にもと」

あたしにもいった、あたしにもと、おさき、おさい、おめぐが口々にいいだす。

「わかったわかった。やめんか！」

榊原が一喝すると、四人は互いを睨めつけあいながら、口を噤《つぐ》んだ。

「で、髪結い床、主人千次郎。岩井屋浩助は元結で首を絞められ、剃刀で首を切られていた。これはどう思う？」

千次郎は榊原の問いに、ぼそぼそとくぐもるような声で応えた。

「元結に剃刀が証でしたら、まず疑われるのは髪結いでしょう。それに、近頃、あっしの処は支払いも悪く、注文の品も半分しか納めてもらっていません。浩助に恨みを抱いても誰も不思議とは思わないかもしれません」

榊原が、うむと頷いた。

「千次郎さん。どうして。いけないわ、自棄《やけ》になっちゃ」

おりょうが悲しげな顔をする。

「自棄にもなるさ、幼馴染みにもけつをまくられて、店も危ないときてる」

吟味与力が色めき立つ。「千次郎、認めるのか」と問い詰めた。

すると、おりょうがいきなり指をついた。

「与力さま。亭主の浩助が出合茶屋に行った日、あたしは千次郎さんと会っておりました」

「おりょうさん、そいつは」

千次郎が慌てる。しかし、おりょうは背筋を伸ばしていい放った。

「間違いございません。千次郎さんはお金を貸した同業の方に逃げられ、やむなく借金を背負い込んだのです。これから、お店を立て直すためにお金を用立てるという約定を、あたしと交わしていたのでございます」

「なんと、亭主の留守を狙い、妻が勝手に金を貸そうとしたのか」

吟味与力が強い口調で詰問した。

「千次郎と密通していたのか」

「そのようなことはございません。ただ、千次郎さんの髪結い床には初代からの恩義がございます。あたしは今こそ、その恩に報いたいと考えていたのです」

おりょうが懸命にいい募ると、榊原が首を傾げた。

「お前は嫁してきた身であろ？　浩助が恩義を感じるならまだしも、嫁のお前がどうしてそこまで考えてやる必要があるのだ」

それは、とおりょうが口ごもる。

「もう、いいんだ。おりょうさん」

「千次郎、ではお前が浩助を殺めたというのか」

吟味与力が厳しい声で質した。

と、おりょうがいきなり膝を進めた。

「あの日、千次郎さんとあたしは一緒にいたのです。信じてください。千次郎さんはあたしが亭主に邪魔者扱いされていたのを慰めてもくれました。励ましてもくれました。元結屋の内儀としてどう振る舞えばよいのか教えてもくださいました」

おりょうは榊原に向けて必死にいい募り、指先をついて頭を下げた。

ですから、とおりょうは肩を震わせ、声を絞る。

「浩助などいなければ。千次郎さんにおかみさんがいなければ、と密かに思っておりました」

おめぐら四人の奉公人も町名主も喜左衛門も仰天した顔で平伏するおりょうを見た。

なんと、と眼を剝いた吟味与力が大声を発した。

「やはり、お前たちは通じ合っていたというのだな」

いいえ、いいえ、とおりょうは顔を伏せたまま首を横に振る。

「あたしだけでございます。あたしがひとり、想いを寄せていただけでございます」

「なにをいっているんだ。よさねえか」

厳しい声を出すと、千次郎がぎゅっと拳を握り締め、榊原を見据えた。

「店が潰れるかもしれねえと、ちいっとぱかし気が弱くなって、女のおりょうさんにいわずに済んでたことまでいわせちまった。お奉行さま。おれはおりょうさんと浅草寺の茶屋におりました。けど、その証はございません」

榊原は、だとすれば、と手にした扇の要でとんと床を打った。

「内儀。亭主に邪険にされ、女子を手懐けるさまを見せつけられていては、恨みも抱くであろう。千次郎が浩助を殺めたところで得はないが、そうした内儀に情けをかけて、ともに浩助を亡き者にしようと謀ることは出来るの。剃刀と元結という動かぬ証はあるゆえ。なぁ、番頭喜左衛門、お前もそう思うであろ？」

喜左衛門に柔らかに話し掛けた。

「おそれながら」と、喜左衛門は苦悶の表情を浮かべた。

「まったく気の毒よのう。岩井屋は主人を失い、内儀は罪人だ。店もやってはいけぬぞ」

「それは仕方のないことでございます」

「そうか。あの出合茶屋の女将も、評判が落ちると嘆いておったが」

喜左衛門が榊原の言葉に、深く頷いた。

「ええ、同じ日にふたりも死人を出したのですから。そうした噂はすぐに広まりますので」

ほう、と榊原が眼を見開いた。

「ふたり、とは？　もうひとりの死人はどこぞの者らがこっそり運び出したそうだが、お前は浩助以外の死人がいたことをなぜ知っているのだ？」

そ、それは、と喜左衛門はだらだらと汗を流し始めた。


五日後、韮崎がすべてを報告に来た。

「うちのお奉行も変わったお人だよ。事件が面白そうだってわざわざ出張ったそうだ。浩助は悪人ではなかったが、甘言を弄《ろう》して己のいうことを聞く、気に入りの女子だけを集めたかったのだろうよ。それが商才なのか、愚行なのかわからぬがな」

喜左衛門は白洲ですべてを白状した。

若い女子を手代や番頭に据えれば、評判になる、年寄りはもう用済みだと浩助にいわれたのだという。信州の在所を十二で出て、先代から四十年仕えてきた自分に対しての仕打ちに我慢がならなかったと、怒りに身を震わせた。

「女どもとて大年増になれば用はない。江戸には代わりがいくらでもいる、使い捨てだと。性根の腐ったそんな主人に尽くしてきた自分も腹立たしく」

喜左衛門のその言葉に、四人の女子も絶句した。

「だが、千次郎の仕業に見せかけたのは愚かだったな」

榊原の厳しい声音に、喜左衛門は泣き崩れたという。

しかし、おかしなもので、四人の女たちはいずれも店を退かなかったという。それどころか、おりょうを守り立て、さらに頑張るのだと張り切っているらしい。

「女ってのは、どうもわからねえよ。男だったら、ふざけるなで終わっちまうが、女は互いに同じ傷を舐《な》め合って、結束するもんなのかね」

韮崎はため息を吐き、で、あっちは済んだのかえ？　と訊ねてきた。

「おかげさまで。あすこの主人は川越に行くと偽って出合茶屋でしっぽりやっていたのですよ。なので、川越からの帰り道に倒れたということにしたようです。内儀もそう信じております」

しかし、その死人が岩井屋殺しの証になるとはな、と韮崎は冗談めかして帰っていった。

夕刻、あらたな死人が出た。

通夜の打合せを済ませ、おちえと寛次郎、お吉とともに、両国橋《りょうごくばし》を渡っていた。

「ねえ、颯太さんは人を殺したいと思ったことある？」

颯太は袖手《しゅうしゅ》して歩きながら、ふと微笑んだ。

「お前こそどうなんだ。おっ母さんを馬で蹴り飛ばした侍を殺してえんじゃねえか」

おちえは、首を横に振った。

「おっ母さんを亡くしたときはそう思った。でも、いまはどうかな。まずは謝ってほしいのが先だけど。謝ってもらったところで、おっ母さんはもう土に還っちまったけれどね」

おちえは、辛そうだった。それが本心だろう。

「おれの殺してえ奴は、おれの代わりにお上が裁きをつけた」

おちえは、え？　と颯太の顔を見る。お吉は黙って前を向いていた。

お裁きが出たところで、大切な人を奪った奴らへの憎しみが消えるわけではない。ぽかりと空いた穴は埋まることはない。怒りもおさまるはずはない。出来れば、この手で始末をつけたかった。だが、それをすれば、今度は自分が下手人になって罰を受ける。

自分の身を犠牲にしておれの命を救った三人の姐さんたちに申し訳が立たねえのだ。

だから、罰はお上に任せるしかなかった。

「だけどな、憎い奴はごまんといるよ。あとからあとから、湧いて出てくる」

おちえが不思議そうな顔をする。

「人の命を蔑《ないがし》ろにする奴だ」

颯太の脳裏にゆらゆら揺れる影がある。それはいつもはっきりとした形をなさない。

「ここで待っているんだよ」という、優しい声だけが甦《よみがえ》る。

おちえが、そんな颯太の顔をじっと見つめた。

「おれの顔になにか付いているか？」

ううん、とおちえが首を横に振る。

「そうそう、韮崎さま、女は互いに同じ傷を舐め合って、結束するもんなのかっていってたけど、それは違うわよ」

おちえが訳知り顔をする。

「離れると誰になにをいわれるかわからないでしょ。傷を舐め合うんじゃなくて、みっともない傷を抱えている同士でその傷を見て見ぬ振りをして、かりそめでも仲良しになるの」

「ははは。怖いなぁ、女は」

颯太が後ろを振り向くと、お吉が寛次郎と笑いながら歩いていた。

「お吉さん、とむらい屋、続けていけるかしら」

「ほう、偉そうな口を叩くじゃねえか」

「醒めているというのかな。あたしみたいに、大口開けて笑わないし、妙に大人びているし。この世の中を諦めている感じ」

颯太は、あかね空に輝くひとつの星を見た。

「母親が自分の頭上で死んで、自分が生きるために身を売った。とむらい屋には丁度いいだろう。少し暗い顔をした女がいてもよ」

はあ？　とおちえが颯太を上目遣いに睨んだ。

「そんな理由でお吉さんにとむらい屋に来ないかって、声を掛けたの？　信じられない」

「そういきり立つなよ。ただな、おちえ、忘れてねえか？　どんなに醒めていても、この世を諦めていても、お吉は自分の母親のようにはならなかった」

生きていくのは難しい。しかし、それでも必死に生きようとしていたお吉に手を差し伸べたくなった。

おちえが、身を翻した。

「ねえ、お吉さん。枕団子作りの競争しない？」

なにが競争だよ。枕団子をなんだと思っていやがる。颯太は赤い唇を曲げた。

第六章　漣《さざなみ》の行方《ゆくえ》

一

息急《いきせ》き切って、おちえが飛び込んで来た。店座敷《たなざしき》にいた颯太が不機嫌な声を上げる。

「おちえ、おめえ、いま敷居を踏んだろう？　敷居ってのはな、その家の主人の頭なんだぞ。おめえはいまおれの頭を下駄で遠慮なく踏んづけやがったんだ」

おちえは胸のあたりに手を当てて腰を屈《かが》め、激しく呼吸を繰り返していた。いつもなら踏んづけられて困るほど冴えた頭じゃないでしょ、と嫌味のひとつも返してくるおちえが黙っている。息が上がり、声を発することもままならないくらい苦しげだ。

どこからか、急いで戻ってきたのだろう。

勝蔵も正平もおちえを見守るように眺めていた。お吉が勝手から水を汲《く》んで来た。

「おちえさん」

柄杓《ひしゃく》を出されてようやく気づいたおちえが、「ありがとう」といって柄杓に口をつける。喉がこくこく鳴り、唇の端から溢《あふ》れた水が、首筋を伝う。

おちえは水を飲み干すと、再び身をくの字に曲げて、いった。

「いたの」

掠《かす》れた声が少し震えている。

「誰が？」

颯太が訊《たず》ねる。おちえの様子は尋常じゃない。いた、というのは、おそらくあいつしかいないだろうと颯太はあたりをつけた。

「丸に四菱の紋の羽織を着けた侍」

おちえが続けた。颯太は舌打ちした。やっぱりか。とうとう見つけちまったか。

顔を上げたおちえに、颯太以外の皆が視線を注ぐ。

「あたしのおっ母さんを馬で蹴《け》り倒して死なせた侍」

お吉が、眼を丸くする。

「おめえのことだ。その侍の姓名も屋敷も探し出して来たんだろう？　どうするつもりだ」

帳簿を開いていた颯太は筆を置き、文机《ふづくえ》の上の湯飲みを手にした。

「ど、どうするって……謝らせたいわよ。相手が知れたんだもの。やっぱり謝らせたくなった」

おちえが拳を握って勢い込んだ。

そんなの無理だよ、と正平が鼻を鳴らして、せせら笑う。

「馬で蹴り飛ばした女のことなんかもう覚えちゃいねえよ、おちえちゃん。悪いことはいわねえ。ンな無駄なことはやめな」

「正平、てめえおちえちゃんに向かっていう言葉じゃねえぞ」

勝蔵が正平を睨《にら》みつけた。

「だってよ、そんなことしたら、今度はおちえちゃんが酷《ひど》い目にあうかもしれねえだろう。小娘が銭欲しさに難癖つけてきたとかよ。そういうに決まってるんだ。二本差しなんてよ。下手すりゃ無礼討ちだ」

正平、歯ぁ食いしばれ、と勝蔵が呟《つぶや》いた。

え？　と正平が勝蔵へ視線を向けたとき、勝蔵の拳固が飛んだ。頬にまともに食らって、正平は一間《けん》ほども吹っ飛び、立て掛けてある板切れがけたたましい音を立てて倒れた。

「勝蔵さんっ！」

颯太は思わず叫んで腰を浮かせた。おちえとお吉が、小さく悲鳴を上げる。

「なにしやがるんだよ、親方」

「おちえちゃんに謝れ」

正平は殴られた頬を手で押さえながら、

「おれは、おちえちゃんがもっと辛い思いをするだろうから、本当のことをいっただけだ。それなら親方はどうするつもりだよ。おちえちゃんに敵討《かたきう》ちでもさせるつもりかよっ」

早口で喚《わめ》いた。

「馬鹿いうんじゃねえ」

「お吉ちゃん、手拭いを濡《ぬ》らしてきて」

おちえがいうと、お吉が奥の勝手へと急ぐ。正平と勝蔵は、互いに睨み合っている。

「勝蔵さん、正平さん。もうやめてよ」

おちえはお吉から渡された濡れ手拭いを手にして正平に駆け寄った。

「勝蔵さん。正平さんのいう通りよ。あたしだってお侍相手に無茶なことが出来ないことぐらいわかっているの。でもね――」

おちえは正平の傍に座り込んで、俯《うつむ》いた。

「でも、なんだよ。おちえ」

颯太は訊ねた。

「せめて、せめてわかってほしいの。自分がなにをしたかくらい」

「ふん、それで相手を許せるのか?」

おちえに対して冷然と颯太はいいのける。

「許せるわけないでしょう。おっ母さんの死に様がどんなふうだったか聞かせてやりたい」

おちえが唇を噛《か》み締めた。

日本橋通を突進してきた馬に気づいたときには、もう遅かった。母親は、いななき、前脚を上げた馬におちえの眼の前で蹴られた。馬上の武家が慌てて手綱を引き、馬を鎮《しず》めたが、そのまま通りを走り抜けて行った。ただ一瞬だけ、武家が振り返った。笠を着けていたから顔はわからない。羽織にあった家紋だけがおちえの眼に焼きついた。

地面に横たわった母は、ぴくりともしなかった。

頭の鉢が割れ、顔にも大きな傷を負っていた。どくどくと流れ出る鮮血が土の上に広がり、染み込んでいく。おちえは買ってもらったばかりの手毬《てまり》を持ったまま茫然《ぼうぜん》と佇《たたず》んだ。異変に気付いた人々が母親の周りを取り囲む。その喧噪《けんそう》がいまだにおちえの耳の奥に張りついて離れない。

「片桐権四郎《かたぎりごんしろう》。それがお侍の名だった。駿河台に屋敷があるお旗本」

おちえは込み上げる憤りを懸命に抑えつつ、口にした。

直参《じきさん》旗本、か。

颯太は、ふうと息を吐く。

「おちえ、家紋なんざ同じ家はいくらでもある。その片桐某《なにがし》がおっ母さんを殺《あや》めた侍だと決めつけるのは早急すぎる」

「颯太さんにいわれなくても、承知してるわよ。もしかしたら早合点かもしれないと思ったもの。けど、なんとなくわかるのよ。感じるの」

おちえはいやいやをするように身を捩《よじ》る。

「勘で人殺しにされちゃたまらねえぜ。だいたい、おめえ、浅草の紙屋に行ったんだろう？　使いはちゃんと済ませてきたのか」

颯太が苦笑すると、

「颯太さんの馬鹿！」

おちえは身を翻《ひるがえ》し、下駄を鳴らして表に飛び出した。颯太はお吉へ目配せした。お吉は頷《うなず》いて、三和土《たたき》に下り、その後を追った。

勝蔵が颯太を睨《ね》めつけた。

「颯太さん、あんた冷《つめ》てえお人だな。おれぁ、おっ母さんの棺桶作ったんだ。おれにはおちえちゃんの気持ちが痛いほど伝わってくる。もうちっと温けえ言葉を掛けてやってもよかったんじゃねえですか？」

あいつもそうだが、と勝蔵は正平へ顎をしゃくった。

正平は濡れ手拭いを頬に当てたまま、唇を尖《とが》らせていた。

「許さねえという思いも、詫《わ》びてほしいという思いも、それはおちえの思いだ。おれたちが入る隙間はないし、入り込んじゃいけねえんじゃねえですか？　勝蔵さん」

颯太は再び筆を執り、帳簿をつけ始めた。

戸が開け放たれているとむらい屋の中に風が吹き抜ける。寛次郎が紙を切って作ったばかりの四華花《しかばな》がかさかさ音を立てた。

「颯太さん、悪いが今日は上がらせてもらうよ」

手拭いを腰から抜き、顔を拭った勝蔵がそういって出て行った。

その背を目で追っていた正平が舌打ちして濡れ手拭いを土間に叩きつけ、立ち上がる。

勝蔵と入れ替わるように、よう、と手を挙げてのっそり入って来たのは巧重三郎だ。

「これは毎度恐れ入ります」

颯太が会釈すると、重三郎がとむらい屋を見回した。

「今、勝蔵さんとすれ違ったが、浮かねえ顔していたぞ。それにいつものおちゃっぴいもいねえようだし、随分、今日は静かだな」

と、重三郎は倒れた板切れを元に戻している正平を見て、眼を見開いた。

「どうした、腫《は》れてるじゃねえか。こっちへ来い」

「いえ、大丈夫ですよ。たいしたことありません」

正平は首を横に振る。重三郎が眉をひそめた。

「おい、颯さん、一体どういうことだ。とむらい屋でなにがあったんだ？」

「取るに足らねえことですよ。正平、重三郎さんに手当てしてもらえ。重三郎さん、頼みます。ですが、薬袋料はご勘弁ください」

「調子がいいなぁ。まあ、膏薬《こうやく》くらい貼ってやろう。正平、早くここに座れ」

店座敷を重三郎は叩いた。

じゃあ、お願いします、と正平はふてくされた様子で、店座敷に腰掛けた。重三郎は薬籠《やくろう》から膏薬を出し、晒《さら》しに塗布《とふ》すると、頬に貼り付ける。

「あ、冷てえ、痛《いて》えよ、先生」

「ん？　これだけ腫れているからな。当たり前だ。どこぞで喧嘩《けんか》でもしたのか」

正平は押し黙る。

「おめでたいねぇ、重三郎先生は。正平の様子を見て気付きませんか？」

颯太がからかうようにいいつつ、五徳から鉄瓶を取り、湯を急須に注ぐ。

「おう。勝蔵さんか。仕方ないな。師匠と弟子なんてものはそういうものだ。勝蔵さんはさほどに弁が立つほうではないからな。手が先に出たか」

はあ、と正平は曖昧《あいまい》な返答をする。殴られた理由は別にしても、勝蔵が言葉少なであるのは確かだ。滅多に拳は上げないが、平手で頭を叩くことはままある。

「茶が入りましたよ」

「すまないな。けれど、やはりとむらい小町の淹《い》れた茶がいいな」と、重三郎は薬籠を脇に寄せた。

「なんですそりゃ？　とむらい小町？」

颯太と正平は顔を見合わせる。

重三郎は、ずずっと茶をすすりながら、

「なんだ、当のとむらい屋が知らんのか？　おちえちゃんのことだ。弔いを仕切る若い娘がいると巷《ちまた》で噂になっているようだぞ」

仕切っているのはおれなんだが、と颯太は苦笑いする。

「そのうち、錦絵《にしきえ》の像主になってくれと頼まれるんじゃねえか」

「まさか。あんな仔狸《こだぬき》のようなご面相じゃ」

颯太がいうと、

「そんなことはねえですよ。お吉ちゃんはきれいだが、おちえちゃんは愛らしい」

正平が声を荒らげた。が、すぐさま痛てて、と顔をしかめた。

へえ、と颯太は正平を横目で見やる。その視線を感じてか、余計なことをいうんじゃなかったとばかりに俯いた。

「で、重三郎先生、本日のご用事はなんでございましょう。今夜が峠という病人で？」

颯太がかしこまった声を出す。

「いきなり商売っ気を出すな。にしても、道俊も寛次郎もいないが弔いに出ているのか」

「ええ。寛次郎は葬具の貸出しで、道俊は経を上げに」

「なるほど。では颯さんは何もないんだな？」

重三郎が探るような声を出す。颯太はすかさず身構えた。

「面倒はごめんですぜ」

「そのな、どうも土左衛門らしい。茶屋娘なんだが」

「らしいというのは、まだ確かめてねえんで？」

重三郎は言葉に詰まり、あからさまに顔を歪《ゆが》めた。もう幾つもの亡骸《なきがら》を見ている医者のくせに入水《じゅすい》した骸《むくろ》だけは苦手なのだ。

二

船宿『さが美』の裏口へ赴《おもむ》くと、中からきいきい喚く女の声が聞こえてきた。

「本当にもう勘弁してくださいな、お役人さま。なんだって、うちの店に骸を運び入れなきゃならないんです？　殺められたんでしょう？　ああ、嫌だ嫌だ」

「仕方ねえだろう。この店の舟に乗って、山谷堀《さんやぼり》で浮かんでいたんだ」

「迷惑なんですよぉ。うちは客商売ですよ。だいたい、うちの舟を勝手に使ったんですから」

「だから、その辺のことも話してもらわねえと困るんだよ」

文句をいっている女はおそらく船宿の女将《おかみ》だ。男の声は——颯太はついつい首の後ろを掻《か》いた。定町廻り同心の韮崎宗十郎だ。こっちの面を見れば、またぞろ皮肉を投げつけてくるかもしれない。気が重い。

重三郎は大きく息をして、胸元を拳で二度ほど叩いた。土左衛門との対面に気を落ち着かせているのだろう。意を決し、

「御免」

と、重三郎は裏口の腰高障子《こしだかしょうじ》を開けた。韮崎が振り返る。

「おう、こりゃ巧先生。なんだえ、後ろに隠れていやがるのは、とむらい屋じゃねえか。またぞろ死臭を嗅ぎつけてきやがったな。まあ、山谷と新鳥越町《しんとりごえちょう》は近いからな」

早速、飛んできた、と颯太は辟易《へきえき》しつつ、韮崎に頭を下げた。韮崎の隣には小者の一太が筵《むしろ》を掛けた亡骸を前に不安げな面持ちで立っている。

「お役目、ご苦労さまでございます」

「はん、心にもないことというんじゃねえよ。仏さんは、浅草の茶屋娘で、名はおぬいだ。住まいは田原町《たわらまち》だよ。その長屋にはしっかり者の差配がいる。弔いも自分たちでやるそうだ。此度《こたび》はお前の出る幕はねえな。おっつけ、ふた親も来るだろう」

韮崎は、にやにや笑う。まったく嫌みったらしいお方だ。

しかし、ふた親も娘が殺められたと報《しら》せを受けたら、気が動転するに違いない。変わり果てた娘の姿をどんな気持ちで見るのか。そのことを思うと胸が詰まる。

「ねえ、お医者の先生。早いところ骸を診《み》て、さっさと家へ返してくださいな」

女将は細い眼を吊《つ》り上げていった。

「うむ」

重三郎は頷き、腰を落とした。指先で、そっと筵の端をめくりあげる。すると、おや、と小声で呟いた。

「――土左衛門ではないのか？」

「誰がいったんです？　山谷堀に浮いていた舟の上で死んでいたんですぜ」

韮崎が眉間《みけん》に皺《しわ》を寄せ、怪訝《けげん》な顔をした。

「くそっ、お奉行め。山谷堀で見つかったといえば、入水だと思うではないか」

重三郎は悔しげにいい、筵を剝《は》がした。土左衛門でないと知り、ほっとしたのだろう。顔つきもきりりと引き締まっていた。

「やれやれ、こいつは、若い娘だな」

たまらない、とばかりに重三郎は息を洩《も》らす。

まだあどけない顔をしている。だが、その顔はすでに蠟《ろう》のようで、衣裳の胸のあたりは黒ずんだ血にまみれていた。

喚いていた女将もさすがに顔色を変え、眼をそむけた。

「茶屋娘が男に恨みでも買っていたんでしょう。幼い顔していたって女は女。色仕掛けでもして銭を巻き上げてたんじゃないですか。あたしは、座敷に戻ります。終わったら声を掛けてくださいね」

茶屋娘もいろいろだ。茶代は一杯四文だが、客によっては気に入った娘にそれ以上の銭を渡すことがある。ちょいとばかり悪戯心《いたずらごころ》を起こすような娘であれば、そういう客を手玉に取って、誘いをかけるようなことをする。

「おい女将、あとで船頭たちにも話を聞きたいんだがな」

韮崎が声を掛けると、女将は生返事をして足早にその場を離れた。

うっ、と一太が突然口許を押さえ、どたばたと表に出て行く。相変わらず亡骸は苦手なようだ。韮崎が、しょうがねぇなぁとばかりに鬢《びん》を掻《か》く。颯太は走り出た一太を好ましく思う。定町廻りの小者としては肝の小さい奴と侮られるかもしれないが、亡骸に馴《な》れっこになるよりはずっといい。骸をぞんざいに扱うようになるからだ。

死は形もなければ、眼に見えるものでもない。何を以《も》って死を確認するかといえば、生気の抜けた身体を目の当たりにしたときだ。話もしない、笑うことも、泣くこともない、ほうっておけば腐っていく、その容《い》れ物を目の当たりにして皆、死だと思う。だから、遺《のこ》された者のために容れ物を弔う。彼岸と此岸《しがん》、亡者と生者。そうきっぱりと気持ちに線を引かせるためだ。

重三郎は、娘の亡骸を入念にあらためる。

「土左衛門じゃなけりゃ、あっしは戻りますよ。正平ひとりしか店にいねえもんで」

ああ、と重三郎は応えたが、

「ん？　掌《てのひら》にも血がついているな。おい、颯さん。帯を解いてくれ。身体を見る」

聞いていなかったのか、と呆《あき》れながら颯太は亡骸に手を触れる。切ないくらいに冷たく硬い。この娘に一体何があったのか。女将のいうように茶屋の客から恨みを持たれていたのか。それとも行きずりか。帯を解き、衣裳をすべて剝ぎ取る。淡い柔らかな茂みとまだ固そうな胸の膨らみは、顔同様幼さを表していた。四肢から見るに、十四くらいだ。花に例えれば、まだ萼片《がくへん》に包まれた蕾《つぼみ》だ。ただ他の娘たちと明らかに違うのは、左胸に無残な傷があることと、異様に肌が白くなっていることと、もう息をしていないということだ。

ふと、店から走り出ていったおちえの姿が浮かんできた。初めて弔いに出させたのはいつだったか。いつも、おちえは悲しみにくれる喪家に寄り添っていた。ときには強い言葉を吐くこともあった。それはおちえが知っているからだ。死の訪れが突然であればあるほど、その死が無残であるほど、受け入れることができないことを。亡骸に触れ、亡者を偲ぶことで別れを覚悟させる。

おちえは、自分の辛い思いを弔いの度に埋め合わせてきたのだろう。

重三郎とともに亡骸をうつ伏せにする。背中には傷ひとつついていない。

「舟に横たわっていたという割には、血の溜《た》まりが少ないですね」

亡骸を仰向けに戻しつつ、颯太が問う。人は死後一刻《いっとき》（約二時間）ほど経ると、赤紫色の斑紋《はんもん》が皮膚面に浮き出てくる。

「おそらく血がかなり流れ出たのだろうな。颯さん、水を。傷口を拭う」

人使いが荒いな。正平の膏薬代と思えばいいか、と颯太は船宿の仲居に水を頼み、重三郎へと運ぶ。重三郎は丁寧に血を拭い取った。左乳房の下部から傷痕が現れる。

「ところで、この娘はまだおぼこですかね？　先生」

韮崎がおぬいの脚の間を覗《のぞ》き込んでいる。

若い娘が変死体で見つかると、役人はいつもこれだ、と颯太は赤みが強い唇を曲げる。それも下手人にたどり着くための指針のひとつではあるのかもしれない。にしても、ときどき唾棄したくなる。

重三郎は娘の脚の間に手を伸ばした。

「亡骸が硬いのでな、なんともいえぬが、乱暴は受けていない。会陰《えいん》も傷ついておらんしな。もしそうだとすれば、もっと痣《あざ》や傷があってもよかろう。たとえば顔を殴られる、首を絞められる。そういった痕は一切ない。妙な言い方だが、胸の傷以外はきれいな仏さんだよ」

「そうですか」と、韮崎は頷いた。

颯太は娘の下肢に筵を掛けた。韮崎がぎろりと颯太を睨め付ける。

きれいな仏。その通りだ。だが、颯太は娘の死に顔に妙な違和感を覚えていた。まさに穏やかで美しいのだ。

「傷口は一寸にも満たない。刺創だが見事なものだな。どう思う？　颯さん」

急に顔を向けられた颯太は、はっとして重三郎の隣にしゃがんで、傷を見る。

「心の臓をひと突きですか。刃を横にして胸骨の間を狙っていますね。確かに見事です」

うむ、と重三郎は頷き、

「この刃幅なら脇差か匕首《あいくち》か。いずれにせよ心の臓を的確に突ける輩《やから》の仕業だな」

そのうえ、冷静で冷酷だ、と続けた。

韮崎が眼を見開く。

「ってことは、下手人は玄人《くろうと》で？」

重三郎は腕を組み、しばし考え込んでから口を開いた。

「韮崎どののいう玄人は殺しに長《た》けている者という意味であろうが、人の身体を知る者であれば、医者のおれでも出来る。武家もそうだな」

ですが、と颯太は娘を見下ろしながらいった。

「たとえ、胸骨の間を狙ったにせよ、娘がまだ生きていたとすれば抗《あらが》いもしたでしょう。けれど、そうした痕すら見当たらない。出会い頭にひと突きするなんてことが出来るもんですかね？　しかも見つかったのは舟の上。おれなら山谷堀に落としますぜ。それを、わざわざ見つけてくれといわんばかりだ」

「舟の上で殺めたとなれば、ますます奇怪だな。眠らされていたか。韮崎どの、舟は見せてもらえるかな」

「もちろん。血溜まりが出来ておりまして、酷い有様でしてね」

韮崎が腰を上げた。颯太は娘の身体を筵ですべて覆うと、静かに手を合わせた。

腰高障子を開け、外へと出る。すると、細い通りの向かいにある居酒屋の前にいた者たちが、はっとした顔をした。その前に立ちはだかるようにいた一太が振り返る。

「おぬい！」と、死んだ娘の名を女がいきなり叫んだ。隣には職人ふうの中年男と、きちりとした身なりをした初老の男がいた。おぬいのふた親と長屋の差配だろう。走り寄ろうとする母親を一太が通せんぼのように腕を広げ、懸命に止めた。

母親は髪を振り乱し、一太の腕を強く摑《つか》みながら声を張る。

「おぬいに会わせてくださいませ、お役人さま。おぬいは、おぬいは」

「おきねさん、落ち着きなさい」

差配が言い聞かせるようにいう。

「お調べってなんのお調べですか？　娘の身体をいじくり回すのがお調べなんですか。早く家に戻してあげたいんです」

「おっ母さん、さっきもお話ししたじゃねえですか。下手人を捕らえるためのお調べなんですよ。決して、仏さんをぞんざいにしてはおりません。あそこにいなさるのは、お医者さまですから。町奉行さまのご親戚だとお伝えしたでしょう」

おそらく三人を説得し、外で待たせていたのだろう。韮崎が一太を見限らないのは、こうしたことがしっかり出来るからだ。

颯太は、すたすたと三人のほうへと歩を進めた。

理不尽に奪われた命。どうやっても戻らない命。娘の亡骸を見なければ、得心出来るはずもない。

ふた親は颯太を何者かという眼で見る。

「ご愁傷さまでございます。あっしは新鳥越町二丁目でとむらい屋を営んでおります。おぬいさまのお身体を整えましてから、お戻しいたします。白い装束はこちらで用意することも出来ますが、もしお気に入りの小袖《こそで》などがございましたら、それをお持ちいただいてもよろしいのですが」

呆気《あっけ》に取られたふた親は声を失ったように口を半開きにした。

「あ、あんた、おぬいさんの親御さんの気持ちを考えていっているのかい。そんなことより、会わせておくれよ」

差配が詰《なじ》るようにいった。颯太は表情を変えずに、母親のおきねだけに視線を向けた。

「残念ながら、おぬいさんは昨夜亡くなられ、今朝方山谷堀で見つかりました。大切な娘さんが亡くなったのはさぞ無念でありましょうが、最期にしてあげられることは何か、まず考えてあげてください」

おきねは唇を震わせ、最期にしてあげられること、と小さな声で呟き、はっと眼を開く。

「小袖を持って参ります。青地に夏の花をあしらった単衣《ひとえ》があります。あの子は、あれが一番好きだったから」

颯太をしっかりと見返した。

「わかりました。お待ちしております」

颯太はおきねに頭を下げた。

「あんた、一旦私は長屋に戻るから。あんたも一緒に来て家ん中を片付けてちょうだい。おぬいをちゃんと迎えてやらなきゃ」と、何かに追い立てられるように身を翻した。

「あ、ああ」

亭主は女房の変わりように面食らいつつ、返事をして、女房の後を追う。

「お前さん、とむらい屋だといったね。うちの長屋は葬具屋も仕出し屋も決まっているからね」

差配が颯太を牽制《けんせい》するかのように言い放つ。差配に向けて、颯太は深く頷いた。

「ええ、伺っておりますよ。なにも弔いをさせてくれといっているわけじゃありません。ただ、亡くなられたおぬいさんをきれいにしてあげたい、その気持ちだけですが」

「ならいいですがね。人の不幸で飯を食ってるお方でしょうから、一応釘を刺しておかないとと思いましてね。後から何をいって来ても取り合いませんよ」

「承知しております。差配さんの上前をはねるような真似はいたしません」

颯太は片方の口角だけを上げ、男にしては赤い唇で笑みを作った。差配が鼻白む。

長屋の差配は大抵が雇われ者だ。店子の面倒を見、慶弔にもかかわる。そのため出入りの葬具屋などと付き合いが密になり、銭を得ることも出来るのだ。

差配は、颯太へ蔑《さげす》んだ眼を向け、ゆっくりと歩き出した。

こっちはケの日だけで飯を食ってる。おめえはハレもケもかかわりなく飯の種にしていやがるじゃねえか。どっちもどっちだ、と颯太は差配の背を見送りながら毒づいた。

　一太が颯太にぺこりと頭を下げた。

「すいやせん、颯太さん。おっ母さんのほうがどうにもこうにも」

　颯太は笑みを向ける。

「当たり前だよ。娘が殺されたとなっちゃ尋常じゃなくなる。信じられねえし、受け入れたくもねえ。何も考えられねえし、どうしていいかもわからねえ。だから、なんでもいい、用事を与えてやったんだ」

「それで、あのおっ母さんはあんな急にしゃんとしたんですか」

　一太が眼をしばたたく。

「とんでもねえことが起きたとき、人ってのはなんも出来ねえ。けど、やることが見えれば嫌でも動く。ましてや娘をあの世に送ってやらなきゃならねえとなれば、なおさらだ」

「そうしたもんですかね」と、一太は不思議な顔をした。

「ああ。そうじゃなきゃ、ほんとに人は気がおかしくなっちまうよ」

　颯太は、その場を離れて、山谷堀へと向かった。すでに重三郎と韮崎は桟橋に舫《もや》ってある舟の傍で何事か話している。娘が乗せられていた猪牙舟《ちょきぶね》だ。

草の生えた土手を下りた颯太は重三郎の横に立った。

船底は思った以上の血溜まりだった。すっかり凝固していたが、それでも量の多さがわかる。やはり舟の上で刺されたのだ。

「猪牙は揺れる。眠らされていたというか、気を失わされ、舟に乗せられた後で刺されたと考えられるな」

ええ、と颯太は返した。

韮崎も異を唱えてこない。

「先生、ありがとうございました。ここから先は、おれたちの役目だ。必ず下手人を捕らえて見せますよ」

「そう願いたい。人を手にかける奴は許せん」

憤然《ふんぜん》と重三郎が腰を上げ、颯太もそれに続く。と、視界に入ってきたものがあった。

船縁《ふなべり》に掠れた黒い跡が付いている。

「重三郎さん、あれは血ですかね？　指の跡のようにも見えますが」

ん？　と重三郎がすかさず舟に乗り込んだ。船縁に付いた黒い筋状の物を爪でこそげ落とした。指を擦《こす》り合わせ、じっと眼をすがめた。

「血、だな。間違いない」

「娘の掌に血がついていましたから、苦しさのあまり船縁を摑んだんじゃありませんかね」

韮崎がいった。重三郎は首を横に振る。

「いや、あの娘は一撃で絶命しているはずだよ。ある意味、苦しまずに逝った」

心の臓でなく、肺を貫かれたならば息が詰まって悶《もだ》え苦しみ、船縁を摑むこともあったかもしれない。

颯太は、さらに船縁へ眼を向け、あっと声を洩らした。

きれいな仏。美しすぎた娘の顔。違和感が――。漂っていた霧がようやく晴れた気がした。

「重三郎さん、韮崎さん」

颯太は静かに口を開いた。

「下手人は、自ら堀に落ちたのではありませんかね」

なんだと、と韮崎が颯太を呆れて見やる。

「颯さん、それはどういうことだ？」

「その黒い血の掠れ具合がおかしい。舟の内から付けられたものならば、掠れは内側に出来るはず。しかし、その指の跡と思われる掠れは内側にはありません。むしろ、外側に向かっています」

重三郎が舟の側面を覗き込んだ。

「颯さん、たしかに外側に血の痕があるぞ」

「娘の死に顔が、気に食わなかったんですよ。殺められた者の顔には無念の思いがある。けれど、この娘は、どこか安心しきっていました」

颯太はふたりを交互に見て、いった。

「だから何がいいたいんだよ、とむらい屋」

と、韮崎が声を荒らげた。

「心中ではありませんかね」

重三郎と韮崎が絶句する。

堀を風が吹き抜け、小さな漣《さざなみ》が立った。

三

　韮崎が颯太を睨めつける。

「てめえ、勝手なことを吐《ぬ》かしてるんじゃねえぞ。心中となりゃ、娘の亡骸の扱いも変わってくるんだ。わかっているだろう？　とむらい屋」

　ええ、と颯太は猪牙舟にこびりついている血の痕を見つめながら応えた。

　もしも、心中となれば、おぬいの骸は、日本橋の袂《たもと》で晒しものになる。

　韮崎が、顔をしかめ、小さく息を洩らした。

　船底にしゃがみ込んでいた重三郎も韮崎に同意するようにいった。

「相手の亡骸が見つかっていないんだ。下手に口にするのは颯さんらしくないな。それとも男のほうは娘を殺して逃げたとでもいうのか」

「逃げちゃいませんよ。川へ落ちて死んだと思います。おそらく亡骸は大川に出てそのまま流れに乗って行っちまったでしょう。どこかの橋脚に引っかかっていりゃ御の字だ。あるいは、幾日かして浮かんできたのを船頭にでも見つけてもらいますか」

颯太は顎を上げ、眼を細めると遠くたゆたう大川を眺める。

重三郎が立ち上がった。颯太はすぐさま腕を伸ばし、重三郎の手を取ると河岸に引っ張り上げた。

「おう、すまねえな。颯さん」

と、韮崎が舌打ちした。

「仏はあの娘だけだ。相対死の込みいった事情なんてな、御番所じゃどうでもいいこった。だいたい死骸《しがい》を晒すのもおれは気に食わねえ」

韮崎が身を翻し、土手を登る。

へえ、と颯太は韮崎の背を振り仰ぐ。ふと足を止めた韮崎が首を回した。

「ふん、情にほだされているわけじゃねえぞ、面倒だからだよ。死に損ないの生き晒しならまだしも、死骸は腐って臭え」

吐き捨てるようにいうと再び早足で土手を上がり、振り返りもせずにそのまま歩いていった。

颯太は赤い唇に笑みを浮かべた。

あんな物言いをしているが、韮崎は情に厚いのだ。心中ではないかと颯太が口にしたとき、韮崎が息を洩らした。そのやり切れない表情が思い出された。

以前より、いくらかましになったとはいえ、死骸が苦手な一太を小者にしているくらいなのだ。根は優しい男であるのだろう。

「重三郎さんのお見立てはいかがですかね？」

わからん、とぶっきら棒に応えた。

「だが、亡骸を幾つも見ている颯さんの眼でしかはかれないものもあろう。医者のおれには見えぬものが見えているのかもしれんな」

「そいつは買い被りすぎですよ」

颯太は片頬を上げた。

「さて、どうする、颯さん」

重三郎が颯太を見やる。

颯太は、つと考え込んでから、口を開いた。

「あっしの見立てが当たっていようが、間違っていようが、このままさっさと弔いを終えてしまうのが一番でしょうね」

「同感だ」

「ですが、娘の弔いにうちの出る幕はないので、気楽ですけどね」

船底に溜まった黒ずんだ血が陽に照らされて鈍い光を放っている。他方で水面《みなも》はより強く輝く。

「おいおい、言葉に気をつけろ。まあ、付き合わせて悪かったな」

いいえ、と颯太は首を横に振った。

ところで、皆は戻っているだろうか。わずかだが心配になった。つまらぬ諍《いさか》いがともらい屋をぎくしゃくさせた。おれのせいか、と颯太は唇の端を上げる。だとしたら詫びるべきかな。仲間、という言葉がゆらりと浮かび上がってきた。参ったなぁ、おれも焼きが回ったのか、と心の内で苦笑した。

「なあ、颯さん」

もしも、と重三郎は太めの眉をぐっとひそめた。

「心中だったとしたら、おれは命を粗末にするなといってやりてえ。生きることは容易じゃねえよ。絶望もする、苦しい思いもする。けどな、それは心の負担じゃねえか。なんとか踏ん張ってほしいんだよ。肉体が壊れれば人は嫌でも死ぬんだ。そのときまで与えられた命を大切にしなけりゃ、生まれてきた甲斐がない。それこそ互いの想いは遂げられない」

その声は厳しいものだった。

医者の重三郎は幾人もの死を見ている。重い病で逝く者、不慮の事故で逝く者、そうした死を見てきたからこその言葉なのだろう。理不尽な形で命が失われるのが我慢ならないのだ。

人の生はいつ断ち切られるか、本人でさえも知らない。老年、若年かかわりなくだ。さまざまな死骸だけとかかわる颯太の目線は、重三郎の思いと近くはあっても、医者とは違う。亡者の魂をあの世に送る坊主とも違う。

病死、事故死、あるいは無残に奪われた命であろうと、自ら命の限りを決めた自殺であろうと、颯太にとっては同じだ。それぞれ死の形は異なっても眼の前に横たわる死になんら違いはない。亡者のこれまでの生の証を掬《すく》い取り、それを遺された生者に伝え、此岸に残る者と彼岸に渡る者との線引きをしてやる。

それが、とむらい屋の仕事だからだ。

颯太は重三郎とともに船宿へと戻った。

裏口に立っていた一太が慌てて駆け寄って来る。

「どうしました、一太さん」

一太はちらと船宿を窺《うかが》い、囁《ささや》くようにいった。

「韮崎の旦那が、ここの女将から聞き込みをしてわかったことがありました。殺められた娘と若侍を舟に乗せたことがある船頭がいたんです」

「若侍だと？」

重三郎が声を張った。駄目ですよ、と一太が慌てて唇に人差し指を当てた。颯太がふっと頬を緩めた。

「一太さん、どうしてそのことをあっしらに教えてくださったんで？」

一太はもじもじして、韮崎の旦那が、と声をひそめた。

「とむらい屋のいう通りかもしれないと、お怒りになっていたので、一応お耳に入れておいたほうがいいかと思って。何をお話しになってたのかは、おれは知らないけど、捕方を集めるとか、亡くなったおぬいさんが働いていた水茶屋を調べるとか怒鳴りまくっているもんで」

そうして話していたそばから、おい、一太、どこだ！　と韮崎の声がした。

一太は慌てて身を翻す。颯太は一太さん、と呼びかけた。足を止めた一太が振り返る。

「その船頭はこの船宿の雇われですかい？」

「違います。たしか六助って船頭です」

六助？　六さんか。こいつはまた奇遇なこともあるものだ。韮崎に根掘り葉掘り訊かれて六さんが短気を起こさなきゃいいが。

「重三郎さん、あっしは娘の母親が来るまで、亡骸の傍についていてやります。線香もあげてやらなきゃいけねえし」

「そうか。悪いが、おれはまだ往診があるのでな。ところで、今日は弔いにならない割に親切だな」

「ご冗談を。あっしはいつでも亡骸には親切ですよ。生きている奴らより、よほどいい」

それは、どうもすみませんでした、と背後から女の棘々《とげとげ》しい声がした。重三郎が眼を瞠《みは》る。

颯太は思わず微笑《ほほえ》んだ。だが、すぐに表情を引き締め、振り向いた。

おちえがむくれた顔で立っていた。胸には風呂敷包みを抱えている。死に化粧道具だ。

「正平さんから、ここだって聞いたの。あたしが必要なんじゃないかと思って」

剣突《けんつく》にいった。

「おっつけ仏のおっ母さんが小袖を持って来る。身を清めて、着替えさせてから化粧だ。髪も整えてな。まだ十四ほどの娘だ。きれいにしてやれ」

颯太はきびきびと早口でいうと、おちえの傍を通り過ぎる。

「わかってるわよ」と、おちえが重三郎に手を振り、颯太の後に続いた。

おぬいの弔いが執り行われてから、数日が経った。韮崎は捕方に命じて大川などを捜索したが、ついに男の亡骸は見つからなかったと報せてきた。

だが、韮崎は顔を歪《ゆが》め、

「多分、お前のところに侍が訪ねてくる。いいか、姓名はむろん、余計なことも一切合切問うな。いわれた通りにしてやれ、いいな」

妙なことをいい置いていった。

その夜、皆が夕餉《ゆうげ》の膳を囲んでいた。お菜は、目刺しに沢庵《たくあん》、煮豆と味噌汁だ。勝蔵はすでに塒《ねぐら》に戻っていた。仕事は淡々とこなしているが、颯太とは必要なこと以外、話さない。颯太のほうからも話し掛けない。正平も居心地悪そうにして、勝蔵が帰ってからしばらくしてとむらい屋を出た。わだかまりはまだ抜けきっていない。

おちえはなぜかけろりとしていた。他に行く処《とこ》もないし、と可愛げのないことをいった。けれど、その言葉だけで皆がほっとする。おちえに比べて男どもは、変に意地を張るから厄介だ。

「ねえ、道俊さん。どうして心中はいけないの？」

飯を食いながら、おちえがいきなりいった。味噌汁をすすっていた道俊がむせ返る。

「おめえ、急に馬鹿なこというんじゃねえよ」

颯太は飯を搔き込みながら、おちえへ顔を向けた。咳き込む道俊の背《せ》を寛次郎がさする。

「あたし、そんな変なこと訊《き》いちゃったかしら？　ねえ、不思議に思わない？　お吉さん」

いきなり水を向けられたお吉も眼を丸くした。が、

「心中がいけないかっていわれたら、あたしも考え込んじゃうかもしれない。だって、

好きあったふたりがこの世で一緒になれないから、あの世で暮らそうって思いつめちゃった結果だものね。その気持ちを考えたら、いけないとはいえないかも」

と、考え考え応えた。

「でしょう？」

おちえは小鼻を膨らませて、颯太を見返す。

ただね、とお吉は眼を伏せ、

「あたしが前にいた処には、そんな話、腐るほどあった。女房子どもがいる男に入れあげて、腕に男の名まで彫って、起請文《きしょうもん》まで取り付けて。でも結句、男は女房と別れる気なんかないのよ。その本音を知ったら、刃物持ち出して、一緒に死ぬの、殺すのと大騒ぎした妓《おんな》もいたわ」

お吉はそういいながら、飯を口に運ぶ。

寛次郎が、え？　あ？　前にいた処？　と戸惑いながらお吉に訊ねる。

「あたし、子供屋にいたから」と、お吉はさらりと口にした。

「そうなんですか。まあ、仕事なんていろいろですよね、うん」

寛次郎は空笑いしながらも、気まずそうにいった。

「でも、お吉さん、それちょっと話がずれちまってますよ」

「うん、あたしもそう思う。それって無理心中よ」

寛次郎とおちえが頷きあった。

「ああ、そういえばそうね」

お吉はふたりを軽くいなすように応えて、無理心中は駄目よね、とそっと笑う。

「でも、男のほうも悪いわよ。どうせ気を引くために甘いこといったんでしょ」

おちえが噂好きの年増女のような顔をした。

三人の話が妙な方向に進むのを気にしてか、今度は、こほん、こほんと道俊が咳《せき》をした。

「大丈夫？　道俊さん」

「ええ、ええ、もう落ち着きました。おちえさん、先ほどの問いですが、人には五つの戒めがあるのですよ」

「不殺生《ふせっしょう》、不偸盗《ふちゅうとう》、不妄語《ふもうご》、不邪淫《ふじゃいん》、不飲酒《ふおんじゅ》の五つだ」

すらすらと颯太がいう。おちえと寛次郎が眼を見開く。お吉はさして興味がないと目刺しを頭からかじって食べる。

「それから、十善戒もあるな」と、沢庵をぽりぽりかじりながら颯太は続けた。

「なにそれ？　増えているじゃない」

おちえが不満げに眉をひそめる。と、道俊が穏やかな顔でいう。

「いいえ、増えているといえばそうなりますけれど、五戒はしてはいけないものとして説くのですが、十善戒は、こうしたほうがいいと説くのです」

「ますます、ややこしくなったなぁ」

寛次郎が首を傾《かし》げた。

「ま、早い話が、こうしておけば善行につながるよってことをいってんだよ。たとえば、十善戒に不悪口ってのがあるが、他人に悪口を浴びせるより、優しい言葉をかけたほうがいいとか。不邪見だったら、てめえの見方が正しいばかりじゃねえぞ、周りをよく見るんだなって具合だ」

颯太は箸《はし》を止めずに、ぶっきらぼうにいう。なるほど、と寛次郎が得心するように幾度も首肯《しゅこう》する。

道俊が、不意に白い歯を見せた。

「颯太さん、乱暴な解釈ですが非常にわかりやすいですよ。私の代わりに法話をしてくださいませんか?」

「やなこった。坊主が坊主の仕事しねえと、銭払わねえぞ」

「ちょっと、そういうのが悪口っていうんじゃないの?」

おちえが身を乗り出した。

「きんきん、うるせえなぁ、おめえは。道俊、さっさとこいつの問いに応えてやってくれ」

颯太は空になった飯茶碗に湯を注いだ。

そうですね、と道俊は背筋を正し、説法するような語り口で話し始めた。

「不殺生は、五戒にも十善戒にも説かれておりますが、字の如く殺生をしてはならないということです。いかなる理由があろうと命あるものの生を絶ってはならない」

おちえと寛次郎は、うんうんと頷く。

「道俊さま。心中に限っていえば、互いに死にたいと思って、死ぬのではないのですか?　それもいけないことなんですか?」

お吉が問い掛けた。

「とても難しいことですね。ですが、自らが死を望むということは、自らを殺すということです」

お吉が顔を曇らせる。お吉の母親は首を吊って死んだ。道俊も知っているはずだが容赦がねえ、と颯太は苦笑した。

道俊が続けた。

さらに心中の場合、入水やふたりで首を縊《くく》る、刃で胸を突く、毒を呷《あお》るなど死に方はさまざまにある。つまり心中には自らを殺す自殺と、他人を殺めるのと両方が含まれる。いずれにせよ、殺生を犯していることになる、といった。

「そうかぁ。だけど、ふたりの気持ちはどうなるの？　そういう切羽詰まった思いを仏さまは掬い取ってはくれないのかしら」

おちえはまだ合点がいかないという顔をしていた。

「そうですね。仏さまもきっと衆生に手を差し伸べたいと思われているのではないでしょうか。けれど、ひとりひとりを救済してしまったら、人は考えることをやめてしまう。なんでも仏に頼ればいい、すがればいいと、そうなります。仏さまは私たちをあまねく見守ってくださっています。だからこその五戒であり、十善戒なのですよ。それを伝える役目を私たち僧侶が代わりにしているのです」

颯太が肩を揺らした。

「聞こえはいいが、生臭坊主も多いからなぁ。お上や直参、大名の菩提寺《ぼだいじ》の坊主どもは、木魚叩くたんびに小判の音に聞こえるんだろうからな。そんなことだから、うっかり戒名を読み間違えちまう坊主もいるんだ」

「颯太さん」

道俊が眉根を寄せた。道俊自身がそうした寺や僧侶のあり方に疑問を持ち、渡りの坊主になったのだ。人を救うのに理由はいらない。対価もいらないと道俊は常々いっている。けれど飯を食わなきゃ死んじまう、と颯太はその度、笑う。時々、浅草寺にいる兄弟子に会いにいっているが、名はなんといったか。その兄弟子だけは、信用しているようだ。まだ学僧であった頃、位のある僧侶の説法に異を唱え、追い出されそうになった道俊を助けてくれたという。

「もう！　話を混ぜっ返さないでよ。ねえ、道俊さん、その不殺生を破った人はどうなるの？」

「極楽往生は出来ないでしょうね」

「じゃあ、あの世で暮らそうって心中しても無駄じゃない」

おちえがやりきれないという顔をした。

「ですが、生前の行いを心の底から悔い改めれば地獄行きをまぬがれるともいわれます」

道俊が慰めるようにいうと、おちえは身を乗り出した。

「それって、お金を盗んで人を殺めるような悪党でも？」

そうなりますねぇ。と応える道俊に、おちえは怒り出す。

「悩んだ末に心中を選んだふたりと悪党が同じに扱われるの？　納得出来ない」

「おれだって、どんな死に方でも扱いは変えねぇよ」

颯太がしれっといった。

おちえの膨れっ面を見たお吉が、皆の膳を片付け始めた。慌てておちえもそれを手伝う。

勝手に入って器を水洗いしながら、おちえはお吉に話し掛けた。

「ねえ、颯太さんに善行なんて絶対無理よね？　ああして、いっつも皮肉混じりなこというんだもの。ほんと意地が悪い」

おちえがそう投げかけると、お吉は首を横に振った。

「なぜ、颯太さんがとむらい屋を始めたのかあたしは知らない。けど、きっと他の生き方を選べないほど辛いことがあったんだと思う。あたしはこの商売そのものが善行かなって。お坊さまのように修行を積んでいなくても、情がなければ無理よ。それはここにいる人たちみんなそうなんでしょ」

おちえは、眼をしばたたく。

「それに、颯太さんって本当は優しいのに人を寄せ付けないようにしてるみたいに思える。あたしを拾ってくれたのに。冷たい人をわざと装っているように思える。仲良くするのが怖いのかもしれない」

「お吉さん、ここに来て日が浅いのに、そんなふうに颯太さんを見られるんだ。なんだか、大人だなって感じ。あたしと歳は変わらないのに」

お吉が口角をわずかに上げた。

「見たくないものたくさん見てきたのよ。不邪淫かぁ。あたしは地獄行きね。だって男相手の商いだったんだから」

そんな言い方しちゃ駄目よ、とおちえはお吉を叱《しか》る。

「あたしのおっ母さんは首吊って死んだから、極楽にはいけない。母娘揃って地獄行きなら、それでもいいか。また会えるものね」

おちえは、はっとした。

「ごめんね、お吉ちゃん。あたしが心中なんていったばかりに、おっ母さんのこと思い出させちゃったわね」

お吉は、首を横に振る。

「気にしてないわ。本当のことだから」

「でもほら、行いを悔い改めれば、極楽にも行けるんだから。道俊さんもいっていたもん」

「悔い改めるって、どうすればいいのかしらね」

お吉はいつものように醒《さ》めた眼でおちえを一瞥《いちべつ》した。おちえが戸惑いながら言葉を探していると、嘘よ、あたしは意地でも極楽に行くわよ、おちえちゃんもね、とお吉は笑った。

颯太は勝手に入りかけたが、身を翻した。

仲良くするのが怖い、か。娘ッ子がいいたいことといっていやがる——まあ、当たっていなくもないか——と颯太は、苦笑いしつつ、この家の下に埋められている小さな壺《つぼ》を思う。おとせ、おみつ、おもんの髪の毛が入っている。

三人の姐《ねえ》さんに火事から救われた命を何に使うのか。それはおれにしか決められないことだった。

人と深くかかわれば、その分、失う辛さを味わう。苦しみにのたうち回る。おれは、それを恐れているのかもしれねえなぁ。ここは、ひとりぼっちの奴らの集まりだ。だからといって傷を舐《な》め合いたいわけじゃない。仲良しこよしでできる商売じゃねえのだ。

ひとりひとりが仕事をこなして、弔いを執り仕切る。

満足感や達成感など覚えるわけにはいかない。仲間なんて言葉じゃ表せない。多分、それ以上なのだろう。それをなんと呼べばいいのか、颯太にはわからない。店座敷に戻ると、寛次郎が呆然としていた。お吉が岡場所にいたことを知って驚いたのだ。

「おい、寛次郎、大丈夫か？」

颯太が寛次郎の肩に触れた。寛次郎が颯太を見上げる。

「ええ、まあ、颯太さんが連れて来たお人だから、色々あったんだろうなとは思っていても、驚きました。男だったらいっそ盗人でもなっちまえって自棄《やけ》も起こせますが、女子は――」

「だから、業が深いのですよ。ですがそうした女子を買う男がいることも確かです。よけいにやりきれません」

道俊は辛そうにいった。

と、すでに下ろしてある大戸が激しく叩かれた。

四

寛次郎が三和土に下りて潜《くぐ》り戸《ど》の前で屈み込んだ。

「どちらさまでしょうか？」

訊ねても名乗ることなく、また戸を叩いてくるや「開けてくれ」とくぐもった声がした。

「ここはとむらい屋だろう？　定町廻りの韮崎から聞いてきた」

颯太は「客だ。開けてやれ」と、寛次郎へいった。

「今頃、お客ですかね」

「人が死ぬのに時はかかわりねえよ。いいから、開けな」

　寛次郎は薄気味悪そうな顔をして、閂《かんぬき》を引き、潜り戸を開いた。提灯《ちょうちん》の明かりがわずかに差し込んだが、表の者がすぐに吹き消したのだろう。闇が入り込む隙に、腰を屈め、するりと武家がひとり入って来た。頭巾《ずきん》を被っており、間から覗く眼だけが見えた。黒い羽織は無紋だ。よほど家を知られたくないのだろう。

「ご苦労さまでございます」

　颯太が店座敷にかしこまり、頭を下げた。寛次郎が武家を店座敷へと促した。立ち居振る舞いや声からいって、四十は過ぎているだろう、と颯太は思った。

「このような刻限に恐れ入る。そこもとがこの家の主人か？」

「はい。颯太と申します。なにか、あっしらにお手伝いできることでしょうか」

「うむ。弔いをしてもらいたい。いますぐだ」

　強い物言いではなかったが、有無をいわさぬものがあった。

「いま、すぐにでございますか？」

　さすがに颯太は面食らった。道俊と寛次郎も顔を見合わせる。おちえとお吉が勝手から戻り、突然の訪問客に驚いた顔をした。

「承知いたしました。それで――」

どちらで、といいかけて、颯太は口を噤《つぐ》んだ。韮崎から一切合切問うなといわれたことを思い出したのだ。

「坊主もいると聞いておったが、まことだな。どのような宗派でも構わぬと聞いてきた。我が家は浄土宗なのだが」

「拙僧でよろしければ」

道俊が頭を下げる。

「そうか。安心した。では、ここで頼みたいのだが」

「こちらで？　そいつは――おちえ、お吉、枕団子と枕飯を用意してくれ。どうだ出来るか？」

「ちょっと颯太さん、枕飯は竈《かまど》を設《しつら》えないと――それに亡くなった方の飯茶碗は？」

亡骸の枕頭《ちんとう》に供える枕飯は別の竈を設えて炊き、七日放置してから取り壊す。米は生前使用していた飯茶碗で計る。

弔いの決まり事ではあるが、火事が多い江戸の町では夜の煮炊きをお上は禁じている。飯茶碗はともかく、肝心の飯をどうするかだ。

颯太はおちえに目配せした。おちえはすぐさま様子を察したのだろう。颯太の耳許で囁いた。

「粉を練って作るわ。お団子はいつもの大きさでいいし、ご飯のほうは米粒くらいに丸めて盛りつける」

なるほど。それなら飯らしく見える。とっさによく考えついたものだ。「とむらい小町」のあだ名もあながち間違ってねえ、と思った。

おちえは深く頷き、お吉を促すと、勝手にとって返した。

「無理をいってすまなんだ。韮崎からお主らの話を聞いたのだ。ここなら、どんな弔いもやってくれるだろうといわれたものでな」

頭巾の下の表情はまったくわからないが、幾分安堵《あんど》したような声だった。

「準備が出来るまで、少々お待ちください。散らかっておりますが」

颯太は長火鉢から、鉄瓶を取って茶を淹れる。

「弔い料だが、これでいいかな」

武家は懐から紙包みを取り出し、颯太へ向けて差し出した。颯太は遠慮なくそれを受け取る。その厚みから五両と踏んだ。

「あの、大戸を上げたほうが」

寛次郎が颯太におずおずといった。颯太も同じことを思っていた。供の者が亡骸を運んでくると思っていたのだが、武家からは何も指図されない。ただ、静かに颯太が淹れた茶を飲んでいる。

「もし、お武家さま。申し上げにくいのですが、お亡くなりになったお方は」

武家は、わずかに顔を歪め「筆を貸してはくれぬか」といい、懐紙にさらりと記した。

「弘次郎《こうじろう》、さま、で、よろしいので？　このお方は」

「私の次男だ。すでに養子縁組が決まっていたのだが——不慮の」

そこで武家の言葉が途切れた。茶碗を持つ手が小刻みに震えている。それは悲しみではなくて憤りだ。

「大変、失礼いたしました。お察しいたします」

颯太が頭を下げる。いや、構わんと応えながらもその声には怒りが込められていた。

「亡骸はない」

と、武家が印籠を出した。

「これが亡骸の代わりだ。我が息子の遺したものはこれしかない」

亡骸がない？　旅の空で果てたか。それなら遺髪くらいはあるはず。なにがあったのか――。

「承知いたしました。丁重に御供養させていただきます」

「では私も支度をして参ります」

道俊が立ち上がった。

「葬具が並んでいる店座敷ではあまりにもお気の毒。あっしの居間で弔いをさせていただきます。寛次郎、葬具一式、取り揃えておれの居間に運べ。それとな」

寛次郎を手招き、耳許で囁く。はい、と寛次郎がすぐに立ち上がり、表に出て行った。

武家が頭巾の間から覗く眼を寛次郎に向ける。

「きちんと弔いをしてくれるのか？」

「当然でございましょう。亡骸がなくとも、寄せる思いは同じでございます。むしろ、亡骸がないとなれば、喪家の方々の悲しみはさらに深く、耐えがたい。いまだに亡くなったことが信じられぬと思っておられる。あっしらは、その思いにきちりとけりをつけていただきたいのです。受け入れがたい現《うつつ》を受け入れていただき、亡くなった方の菩提を弔う」

「痛み入る」

武家は気を鎮め、颯太に静かに頭を下げた。

颯太は懐紙の上に印籠を置いた。黒地に螺鈿《らでん》の菊の花。いい品だ。家紋は――丸に四菱。

これは――。颯太は吸い込まれるように、印籠に見入った。

颯太は武家と向き合いながら、ひと言も交わさなかった。武家も颯太に話し掛けようとはしない。

半刻（約一時間）ほどで枕飯と枕団子の用意が出来、葬具も飾られた。線香の煙が真っ直ぐな筋を描いて上がり、道俊の経と木魚の音が座敷に響く。武家は身じろぎもせず、こうべを垂れ、読経を聞いていた。

すべてが終わると、武家は慇懃《いんぎん》に礼をいう。

寛次郎が弁当を持って座敷に入ってきた。

「形ばかりではございますが、御斎《おとき》を」

付き合いのある料理屋に寛次郎を遣わし、早急にあつらえてもらったのだ。

「なにからなにまで、まことに、かたじけない」

「いえ、これもあっしらの生業《なりわい》でございますから。どうぞ頭巾を取り、召し上がってください。これも御供養ですから。片桐さま」

頭巾を取り掛けた手を止め、武家が眼を剝《む》いた。

「なぜ、お主。私の名を」

颯太の後ろに控えていたおちえが、え？　と小さく声を上げた。

「やはりそうですか。そうじゃなきゃいいと思ったんですがね。五両もの弔い賃は口止め料込みということですか」

「どういう意味だ」

片桐が色をなし、颯太を睨めつける。

「先日、山谷堀で見つかったおぬいという娘をご存じでしょう？　ご子息の弘次郎さまも胸か喉を刺し、川へ落ちた。恥を嫌うお武家じゃ、亡骸は上がらないほうが、都合がよかった。きっと弘次郎さまもそうお考えになったのでしょう。しかし娘を土左衛門にするのは忍びない。だから舟の上に放置した。見つけられやすいように」

お優しいお方だ、と颯太は笑みを浮かべた。

片桐が顔に血を上らせ、すくっと立ち上がった。

「貴様、世迷言《よまいごと》をいうな。水茶屋の娘と心中などするはずがない。何の証がある。あいつは、弘次郎は養子先が決まっておったのだ。それを祝われ、道場仲間とともに酒を飲み、川に落ちて溺《おぼ》れたのだ」

颯太は片桐を見上げ、

「そうですか。あっしの話には何の証もありはしません。ですが、片桐さまはその口でおっしゃった。あっしは、おぬいが水茶屋勤めだとも、心中などともひと言だっていっておりませんよ」

ぐっと片桐は言葉に詰まる。

「人の死に方は色々です。けれど自ら命を絶つなんてことは、もってのほか。なにゆえ、選ばざるを得なかったのか、ご子息が追い込まれたのか、片桐さまには後悔があったからこそ、あっしらに弔いを頼みに来た。お屋敷の方々には内緒で。亡くなったご子息と向き合いたかったのではありませんか？」

じっと経を耳にしていたあなたさまのお姿を拝見していて思いました、と颯太は静かにいった。

片桐は黙って、颯太を見下ろす。颯太は顔を上げて片桐を見返した。

とむらい屋の面々も、ふたりを窺う。その中でおちえだけが唇を噛み締めていた。

線香の香りが、座敷を満たしていく。

倅《せがれ》は、まだ元服をしたばかりだったのだ、と片桐が呟くようにいった。

「――せめて骸があれば、詰《なじ》ることも出来たであろう。詫びも出来たかもしれん。その死を見せつけられれば、得心出来たであろう。しかし、印籠だけだ。印籠だけなのだぞ。これで、納得出来ようか。どうして受け入れられようか」

そう吐き捨てるようにいうと、片桐は膝からくずおれた。

「片桐さま」

おちえが片桐の傍に座り、その背に手を添えた。颯太は眼を丸くする。

突っ伏した片桐は悔しさと怒りをあらわにしながら、畳に爪を立てた。

「私に考える暇さえ与えてくれぬ。倅が死んだことさえ、未だに得心がいかぬ。それでも受け入れなければならないのか」

ぎりぎりと音がする。歯を食い縛りながら、喉を絞るようにいった。

「片桐さま」

おちえが片桐に語りかけるように話し掛けた。

「あたしはおちえといいます。あたしのおっ母さんは、あたしの目の前でお武家の乗った馬に当たって死にました」

片桐がわずかに顔を上げた。

「お主の親が馬に当たって死んだのか?」

「亡骸があっても、もう答えてはくれないし、あたしの名を呼んでもくれません。だって、身体は命を納めておく容れ物ですから。菓子折りのお菓子をすべて食べてしまえば、ただの箱になるのと同じです」

たとえはひどいが、間違っていないと颯太は思った。

「あたしは信じられなかった。なにが起きたのかもまったくわかりませんでした。そのときは涙さえ出ないのです。自分の目の前でおっ母さんが死んだというのに」

「許せぬであろうな、その武家のことは」と、片桐は途切れ途切れにいった。

おちえはほんのわずか笑みを浮かべる。

「ええ、もちろん。許せるはずはありません。冷たく暗い土の中に埋められても、信じられなかった。おっ母さんを蹴り殺したお武家を恨んで恨んで、喚きました。けれど、あたしはまだ幸せだったかもしれません。恨む相手がいたから」

お吉がはっとした顔をした。

「もしもどこかで会うことがあったら、恨みつらみを丸ごとぶつけてやりたい。詫びてもらいたい。なぜ、おっ母さんを見捨てていったのか、訊きたい。その思いを抱いて生きてこられたから」

「その武家の顔は――見覚えておるのか？」

おちえは唇を引き結んだ。颯太がおちえを見つめる。

おちえは口を噤み、まぶたをきつく閉じた。

線香の香りが漂う座敷の中に、おちえの息遣いだけが聞こえる。

片桐が怪訝な眼つきでおちえを見つめた。

「あたしは――」

おちえはいきなり立ち上がった。その姿を追うように片桐が身を起こし、顔を上げる。

「馬で走り抜けていくその背を見ただけでございます。が、羽織に御紋がございました。片桐さまと同じ丸に四菱紋でございます」

座敷にいた誰もがおちえの言葉に唖然《あぜん》とした。

片桐の眼が大きく見開かれ、おちえを真っ直ぐに見た。

「お顔は見ておりません。見ておりませんが、片桐さま。そのお胸に残ってはおりませんか。それともただの町人風情、女ひとりを馬の蹄《ひづめ》にかけたことなどお忘れですか」

おちえは激しく問い詰めた。

おちえちゃん、と寛次郎が止めに入ろうとしたのを颯太が制した。

「お答えください。あたしの勘違いなら、お手打ちでもなんでもしてください。でも、少しでも覚えがあるなら、なんとかいってください！」

「まさか——あれはお主の母御であったのか？」

片桐が呻《うめ》くようにいった。

おちえの唇が蒼白《そうはく》に変わる。

「数年前、馬を走らせていた時、童女が前を横切って来た。慌てて手綱を引いて避けたが童女ではなく馬の胴に年増女の身が当たった。転がるのを見たが、私は火急の御用でそのまま駆け抜けた」

役目を済ませたのは翌日。同じ場所に戻ると、女がひとり怪我を負ったと聞かされた。きっと自分のせいに違いないと、片桐は懸命に捜したがついに見つけ出せなかった、と語った。

「それが胸底にずっと残っていた。御用のためとはいえ、その場で馬を止め、助けていたらと後悔が今もある。死んでなければ良いが、寝たきりになってなければ良いがと、願っていた。それは言い訳であろうな。弘次郎が死んだのはその報いかもしれぬ」

片桐が、おちえを見つめる。おちえが身を震わせた。

「人を殺めておいて、ああすればこうすればなんて遅すぎるのよ。その上、息子さんが亡くなったのは報いですって。冗談じゃないわよ。片桐さまの不始末で息子さんが犠牲になったとでもいいたいの？　あたしのおっ母さんとは別の話よ。おっ母さんの死はおっ母さんの死よ。一緒にしないで。どこまでも勝手な言い草。結局、自分のことだけしか考えてないじゃない」

「娘」

片桐が頭巾から覗く眼を険しくさせた。

おちえは、はっきりと口にした。

「命は勝手に湧いてくるものじゃないのよ。ひとつひとつが大切なの。武家も町人もないの、息子に死なれておわかりでしょう。謝ってよ。おっ母さんに謝って。いきなり命を奪われたの。生きることを突然絶たれたの」

「――私は、やはり誤ったのだな」と、片桐がぼそっといった。

「ええ、そうです」

おちえは涙声になった。

「許せといったところで許せるはずはなかろうな」

「当然です。百っぺん謝られたって、おっ母さんは生き返りません」

けれど、おちえは嗚咽《おえつ》をもらしながら、

「おっ母さんの心配をして、捜してくれた、それだけはありがたく存じます」

片桐に向かっていった。片桐は背筋を伸ばし、頭巾に再び指を掛けた。頭巾に覆われていた下から穏やかな顔貌が現れた。そして、おちえを見上げ、手をついた。

皆が眼を丸くして片桐を見つめた。

おちえは膝をつき、平伏する片桐の前にかしこまった。

「あたしはおっ母さんのことを今も忘れてはおりません。その優しい笑顔も、無残な死に様も。それは娘として当然であると思うからです」

おちえは頭を下げたままの片桐を見下ろしながらいった。

「おちえではなく、とむらい屋のひとりとしていわせていただきます。相対死はお許しになれないかもしれませんが、好きあった娘がいたことを喜んであげてくださいませ。どうか、弘次郎さまが生きていたことを忘れないでくださいませ」

片桐が頭をもたげて、おちえを見つめたが、すぐに首《こうべ》を垂れ、「すまぬ」と、声を絞るようにいった。

「亡骸がないのはお辛いでしょうが、弘次郎さまが最期に選ばれた生き方であったと、拙僧は思います」

道俊は経を書いた紙で印籠を包み、片桐に差し出す。押しいただくように受け取った片桐が訊ねた。

「御坊、最期に選んだ生き方、とは」

「死ぬる瞬間まで人は生がございますゆえ。死に方を選んだのも、それは生ある内のこと。つまり生き方でございます」

片桐は再び顔を伏せ、背を震わせた。

かたじけない、かたじけない、と小さな声が座敷の中に漣のごとく揺れていた。

颯太とおちえは、片桐を山谷堀まで送った。船宿で舟を出す。片桐は舟に乗る前に、暗い山谷堀に向かってしばらく手を合わせた。それは、おぬいと弘次郎へ懺悔《ざんげ》の念を告げているように見えた。

舳先《へさき》につけた提灯の明かりとともに遠ざかっていく。しばらく見送りながら、

「おめえ、お吉に何かいわれたのか?」

颯太が訊ねた。片桐と一緒に店を出たとき、お吉がおちえに走り寄ってきて何かをささやいたのだ。

おちえは、うん、と頷いた。あたしが片桐さまを責め立てるのを聞いて、決心がついたとお吉がいったという。

「ここで生きていきたいって。死んだおっ母さんを許すことは出来ないけど、それでいいかなだって。いつかはおっ母さんの笑顔も思い出せるはずだからって」

「そうか」

吹っ切ることは難しい。忘れろというのはてめえのことじゃないからいえることだ。お吉が居場所を見つけたと思ってくれたら、それでいい。

「仲良くやれよ」

「なんの心配かしら。あたしだって、もう大人だもの」

そうだな、違《ちげ》えねえと颯太は笑う。

鳥越橋を渡りながら、おちえがふと口を開いた。

「颯太さん。あたし、忘れてたんだ。おっ母さんが馬に当たったったときのこと」

おちえの声がわずかに震えている。

少し前のことだとおちえは前置きした。

颯太の物言いが気に食わずに飛び出したおちえが、浅草寺界隈《かいわい》を歩いていたとき、祖父に手を引かれていた男児が、飴《あめ》屋だと叫んで通りを突っ切った。そこに、米俵を積んだ荷車がやってきたが、すんでのところで止まった。無論、人足たちは男児に怒声を浴びせ、祖父にも「轢《ひ》き殺されてえのか」と怒鳴った。

そのとき、おちえの中にある光景が甦《よみがえ》った。それと同時に、危ないという叫び声、馬のいななき——。

「あたし、ほしい下駄があったの。鼻緒が桃色で赤い蜻蛉《とんぼ》の意匠のもの。おっ母さんにそれを見てもらいたくて、おっ母さんの手を摑んで下駄屋へ走ったの。そのとき片桐さまの馬が」

颯太はおちえの顔を見て、小さくいった。

「おちえ、やめな」

「そしたら、おっ母さんは手を振りほどいて、あたしを突き飛ばして——」

おちえは両手で顔を覆う。

「だからね、あたしがね——」

「もういい。やめるんだ」

颯太は、提げた提灯を打ち捨て、おちえを強く引き寄せた。

橋の上に落ちた提灯が燃え上がる。

「もういいんだ。思い出したところで誰のせいでもない。ましてやおめえのせいでもない。不幸が重なっただけだ。世の中、そんなことはいくらでも転がっている。けどな、この重なった不幸はおめえだけのものだ。誰も代わってやることができねえんだよ。おめえが受け止めなけりゃいけないんだ。だが」

わあああ、とおちえは泣き声を上げて颯太にかじりついた。

「自分を責めるな。責めるな。おめえのおっ母さんはおめえを守った。それに感謝しろ。それがおっ母さんのためだ。おめえはこうして生きているんだからな」

おちえの嗚咽が哀しげに響く。

季節外れの蛍《ほたる》が一匹、飛んでいくのを颯太は見た。

【参考文献】

『死者のはたらきと江戸時代』深谷克己　吉川弘文館
『江戸の祈り　信仰と願望』江戸遺跡研究会編　吉川弘文館
『民俗小事典　死と葬送』新谷尚紀・関沢まゆみ編　吉川弘文館

解説

大矢博子

時代小説は異世界ファンタジーに似ている。

今、私たちが暮らす現代とはまったく異なる文化や風習。今では通用しない常識や価値観。生まれたときから将来がほぼ決まっている身分制度。時代によっては刀を差した武士がいたり忍者や陰陽師《おんみょうじ》がいたり。外国以上に遠い場所と言っていい。だが、たとえ江戸時代だろうが現代だろうが、あるいは他の時代だろうが、決して変わらないことが、ひとつだけある。

人はいつか必ず死ぬ、ということだ。

本書『漣《さざなみ》のゆくえ』は『とむらい屋颯太《そうた》』に続くシリーズ第二弾である。とむらい屋、つまり江戸の葬儀屋を描くことで暮らしの中で出会う死とその弔《とむら》いをオムニバスで綴《つづ》る連作だ。

まず、江戸期の葬儀の様子が非常に興味深く綴られているのが魅力のひとつ。

今のようなサービス業としての祭礼業が成立したのは明治中期と言われている。江戸期は今の戸籍に該当する寺請《てらうけ》制度（住民はすべてどこかの寺の檀家《だんか》にならねばならず、引っ越しや身分証明、手形《てがた》の発行なども寺の請状《うけじょう》が必要だった）が確立されており、葬儀のときはそれぞれの檀那寺《だんなでら》が執《と》り仕切るのが一般的だった。

だがどんな職業にも裏方や現場の働きというものがある。葬儀を出すには、早桶《はやおけ》と呼ばれる棺桶《かんおけ》を作る桶職人や、金持ちや身分の高い人の桶を運ぶ輿《こし》を作る龕師《がんし》が必要だし、その棺を覆《おお》う布を作る天蓋《てんがい》屋、線香を作る線香師、他にも高張提灯《たかはりぢょうちん》や花籠《はなかご》、灯籠《とうろう》などそれぞれに職人がいる。そういった葬具を手配したり貸し出したりする仕事を葬具屋という。早桶屋が葬具屋を兼ねることが多かったそうだ。

本書のとむらい屋にもさまざまな職人がいる。颯太《そうた》を頭に、早桶職人の勝蔵《かつぞう》とその弟子《でし》の正平《しょうへい》、筆が得意で忌中札《きちゅうふだ》などを書く寛次郎《かんじろう》、造花や小物、枕団子《まくらだんご》を作る他、現場で枕飯《まくらめし》や遺体の死化粧を担当するおちえ。特定の寺に属さない渡りの坊主の道《どう》俊《しゅん》はどの宗派のお経もあげられる。

面白いのは、本書では葬具屋である颯太たちが、頼まれれば葬式そのものも執り仕切るという設定にしたことだ。葬儀は豪華にしようと思えばいくらでも豪華にできるが、お金がないため最低限の葬具だけ借りて身内や近所だけで済ませる場合もある。事情があって普通の葬儀ができないこともある。その希望を叶えるのが颯太のとむらい屋なのだ。なるほどこれだけの職人や坊主が揃《そろ》っていれば、それが可能なのである。うまいなあ。この設定にしたことで颯太たちはさまざまな身分、さまざまな環境の人のドラマに食い込んでいけるではないか。そこに、このとむらい屋にしょっちゅう出入りする医者の巧《たくみ》重三郎《じゅうざぶろう》と定町廻《じょうまちまわ》り同心《どうしん》の韮崎宗十郎《にらさきそうじゅうろう》がかかわることで、事件性のある変死体が巻き起こすミステリの趣向も加えられている。

　描かれた葬儀がどれだけバラエティに富んでいるか。内容を見てみよう。

　第一章「泣く女」は大店《おおだな》の若旦那の葬儀。盛大にしてしめやかな葬儀で、葬儀屋の（言い方はおかしいが）まっとうな仕事の様子が紹介される。ここに登場する泣き女は葬式で泣くのを生業《なりわい》とする人たちだ。古代からの風習で中国のものが有名だが、日本でも戦前まで残っていた地域もあったという。

　第二章「穢《けが》れ」は商家の若内儀《わかおかみ》のところに見知らぬ男の遺体が「おまえの父親だ」

と言われて運び込まれるというもの。第三章「冷たい手」では岡場所《おかばしょ》の遊女《ゆうじょ》が死んだ一件で、颯太がかつてとむらった家の娘、お吉《きち》と再会する。

妻を看取《みと》った男がひとり静かに余生を送ろうと長屋で暮らし始めるも、周囲がうるさくてまったく落ち着けない第四章「お節介長屋」は重い物語の中でほっと息がつける人情ものの一編。商家の主人が出合茶屋で死んだため秘密裏に遺体を運び出してほしいと頼まれる第五章「たぶらかし」では、今は廃《すた》れてしまった野辺送《のべおく》りの様子が描かれるのが興味深い。そして第六章「漣の行方」は、山谷堀《さんやぼり》に浮かぶ船の中で遺体が見つかった一件から、心中《しんじゅう》ものの弔いについてがテーマとなる。同時に、とむらい屋の一員・おちえの過去に大きくかかわってくるのも読みどころ。

誰もが死者を悼《いた》み、遺族を思いやる「いい葬式」がある一方で、隠したい死がある。厄介《やっかい》だとしか思われない死がある。堂々と弔ってやれない死がある。弔いも出してもらえず打ち捨てられる死すらある。遊郭《ゆうかく》での死があり、商家の死があり、長屋の死がある。急な病死があり、事故死があり、殺人があり、自死があり、心中がある。そのすべてに颯太たちは向き合い、時には裏の事情を慮《おもんぱか》ったり、あるいは利用したりしながら、死者のために働くのである。

いや、死者のために、ではなかった。

颯太の立ち位置は、生きている者たちのための葬儀だ。人は死んでしまえばそれまでで、何を思うでも感じるでもなく、その身体は物となって腐っていく。死という厳然たる事実に向き合ったときの、遺《のこ》された者たちの気持ちの整理をつけるもの——それが颯太の考える葬儀である。

なぜ颯太がそう考えるようになったかは、彼が葬儀屋を志した理由が語られる前作『とむらい屋颯太』をお読みいただくとして、本書もまた遺された者が身内の死に対してどう折り合いをつけるかを描いた作品集と言っていい。

そしてそこにはひとつのキーワードがある。「生き直す」ということだ。

葬儀屋を主人公に据《す》えているのだから、物語の中核にはもちろん「死」がある。だが死んだ者の思いは語られない。語られるのは残された者の事情であり、思いだ。

ここには夫を亡くした妻がいる。妻に先立たれた夫がいる。親を亡くした子がいる。逆縁の不孝にあった親がいる。雇い主を亡くした奉公人もいれば、その逆もある。遺された者がそれぞれの死にどう向き合うかが各編の読みどころだが、注目願いたいのは大事な存在を失った後でその人がどう生きるかだ。

第一章で夫が急逝《きゅうせい》し呆然《ぼうぜん》としていた妻に変化をもたらしたものは何だったか。第二章で姑に押さえつけられていた若内義の本音はどこにあったか。あるいは第五章で妻に先立たれた男が何を考えていたか。第六章の、子を弔ってやれない親の思いは。

誰もが大事な人の死を通して、何かを失い、けれどそれを乗り越えていく。遺された自分がすべきこと、できることを考え始める。その象徴が第三章のお吉だ。母に死なれ、岡場所の遊女になるしか食べていく方法がなかった彼女は、その後、意外な形で再登場する。大事な人の死は決して自分の死ではないのだと、それを抱えてどう生きるかこそが遺された者の努めなのだと本書は告げているのだ。死者と生者の間に線を引き、昨日までとは違う今日を生者は生きていくのである。

それはお吉だけではない。前作では勝蔵と颯太の「生き直し」が描かれた。そして本書では、不慮《ふりょ》の出来事で亡くした母親の一件をずっと引きずってきたおちえに、「生き直し」のきっかけが与えられる。その場面から伝わるのは、誰もが誰かを亡くした無念を抱えていること、その無念を払うのは自分にしかできないこと、そして、けれど「生き直し」を助けてくれる人は必ずいるのだということだ。

本シリーズは、死を通して生を描いている。生きるとは何か、を描いている。

時代小説は異世界ファンタジーに似ていると冒頭に書いた。けれど異世界ものと違うのは、ここに描かれた時代と現代はつながっているということだ。颯太やおちえが実在の人物だと仮定しても、彼らはとっくに死んでいる。その時、その死を悼み、悲しみ、けれどそれを乗り越えて生き直す「遺された者」がいただだろう。その人たちももう死んでいる。その繰り返しの果てに、今の私たちがいる。

人の死は必ず訪れる。私の、あなたの大切な人も、いつか必ず死ぬ。けれどその後も私は、あなたは、生きていくのだ。人には、本書が謳《うた》っているような「生き直す」力があるのだから。なんと優しく力強い物語だろう。

本書は梶よう子版の「メメント・モリ」なのである。

二〇二二年　六月

この作品は2020年6月徳間書店より刊行されました。

徳間文庫

とむらい屋颯太

漣《さざなみ》のゆくえ

2022年8月15日 初刷

著者 梶《かじ》よう子《こ》

発行者 小宮英行

発行所 株式会社徳間書店

東京都品川区上大崎三−一−一
目黒セントラルスクエア 〒141−8202

電話 編集〇三(五四〇三)四三四九
販売〇四九(二九三)五五二一

振替 〇〇一四〇−〇−四四三九二

印刷
製本 大日本印刷株式会社

ISBN978-4-19-894770-5

徳間文庫の好評既刊

上田秀人

隠密鑑定秘録㈠

退《の》き口《ぐち》

十一代将軍家斉《いえなり》は、御用の間の書棚で奇妙な書物を発見する。「土芥寇讎記《どかいこうしゅうき》」――諸大名二百数十名の辛辣《しんらつ》な評価が記された人事考課表だ。編纂《へんさん》を命じた五代綱吉《つなよし》公は、これをもとに腹心を抜擢《ばってき》したのでは。そう推測した家斉は盤石の政治体制を築くため、綱吉に倣《なら》うことを決意する。調査役として白羽の矢を立てられたのは諸国探索経験のある小人目付《こびとめつけ》、射貫大伍《いぬきだいご》。命を懸けた隠密調査が始まった！

徳間文庫の好評既刊

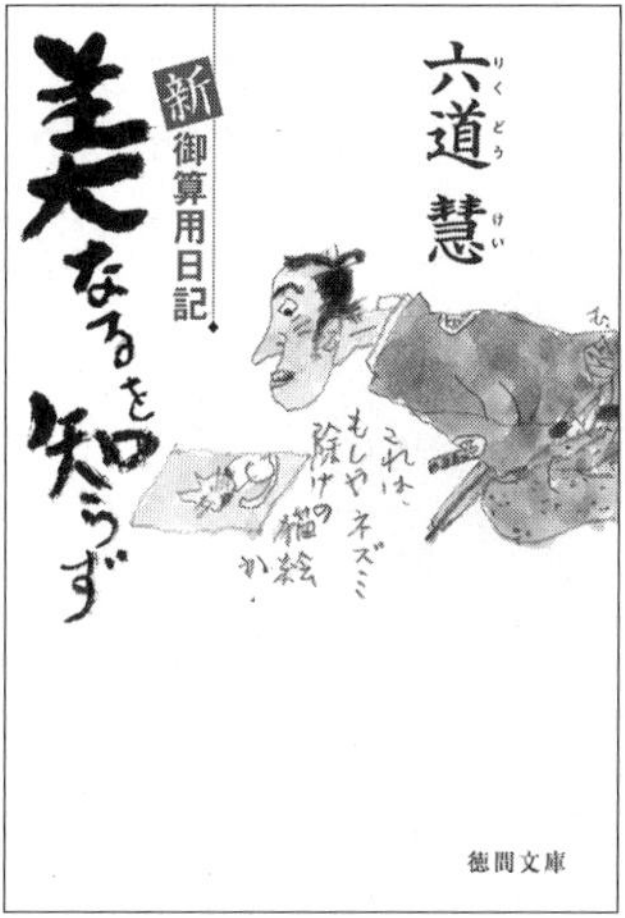

六道 慧

新・御算用日記
美なるを知らず

書下し

幕府《ばくふ》両目付《りょうめつけ》の差配《さはい》で生田数之進《いくたかずのしん》と早乙女《さおとめ》一《いっ》角《かく》は、本栖藩《もとすはん》江戸藩邸《えどはんてい》に入り込んだ。数之進は勘定方《かんじょうかた》、一角は藩主に仕《つか》える小姓方《こしょうかた》として。二人は盟友と言える仲。剣の遣《つか》い手である一角は危険が迫った時、数之進を救う用心棒を任じている。〝疑惑の藩〟の内情を探るのが任務だが、取り潰《つぶ》す口実探しではなく、藩の再建が隠れた目的だ。本栖藩では永代橋《えいたいばし》改修にまつわる深い闇《やみ》が二人を待ち受けていた。